U0118755

▲ 山濤（「竹林七賢」之一）

世說新語

經典隨身讀

傳世經典　文白對照

鍾芒　主編
沈海波　編譯

中華書局

□ 責任編輯：趙冰清
□ 裝幀設計：李婧琳

經典隨身讀

世說新語

□
主編 鍾 芒
編譯 沈海波

□
出版
中華書局（香港）有限公司
香港鰂魚涌英皇道 1065 號東達中心 1306 室
電話：(852) 2525 0102 傳真：(852) 2713 8202
電子郵件：info@chunghwabook.com.hk
網址：http://www.chunghwabook.com.hk

□
發行
香港聯合書刊物流有限公司
香港新界大埔汀麗路 36 號
中華商務印刷大廈 3 字樓
電話：(852) 2150 2100 傳真：(852) 2407 3062
電子郵件：info@suplogistics.com.hk

□
印刷
深圳中華商務安全印務股份有限公司
深圳市龍崗區平湖鎮萬福工業區

□
版次
2012 年 3 月初版

□
規格
正 32 開（184 mm×128 mm）

□
ISBN：978-988-8148-45-5

陳萬雄序

古今中外，一個人乃至社會整體，要提高閱讀和寫作能力，要提升學識和文化內涵，要增進修養和智慧，要提高生活品味和情趣，離不開對傳統經典的閱讀。道理淺顯，不言而喻。

經典所以為經典，是千百年間出現過的千千萬萬作品，歷盡各時代的錘煉，久經歷史長河的大浪淘沙，而遺留下來的，自有其永恆不易的價值。它們是人類文化的精華，是每個受過教育的人都應該學習和閱讀的。香港受社會環境、功利的價值觀以及教育制度的制約，中外經典的學習和教育，荒殆至極。結果，造成了教養的不健全，人文素養的欠缺，所謂「荒野不文」之謂也。

一位文化界朋友，曾應邀到中學講了一連串的課外閱讀的課題。這位朋友以歷史、文學、科普、遊記、傳記等不同類型的讀物作閱讀介紹。事後出乎這位朋友的意料，講出後也出乎我的意料，在芸芸各門類課外讀物中，最挑引起學生興趣的竟然是「經典」讀物。經這位朋友的誘導，學生們了解到自己日常生活中常講常用的習語，常引用的箴言警句，常用作規戒的故事等等，原來源出某經某典。一經認識，學生的興趣來了，也多少明白到閱讀經典的價值。朋友的這個經驗，證明閱讀經典並非一些人想像的那麼高不可攀，亦並非那樣遙不可及。

作為以出版中華文化而聞名的中華書局，乘百年大慶，推出這套既簡便又深入淺出的「經典隨身讀」系列，真有裨益於當前的香港和海外讀者了。

二〇一一年六月

目錄

《世說新語》中的魏晉名士風度

《世說新語》是中國古代志人筆記的代表作，作者是劉宋臨川王劉義慶。全書共36篇1130則，主要記載了東漢末年直至劉宋初年近三百年間的人物故事，內容包羅萬象，涉及政治、經濟、文學、思想、習俗、民生等諸多方面，保存了大量非常珍貴的歷史資料。

《世說新語》以文筆簡潔明快、語言含蓄雋永著稱於世，往往隻言片語就可以鮮明地刻畫出人物的形象和性格特徵，魯迅曾經評論其「記言則玄遠冷峻，記行則高簡瑰奇」（《中國小說史略》）。如《容止》記「庾太尉在武昌，秋夜氣佳景清，使吏殷浩、王胡之之徒登南樓理詠。音調始遒，聞函道中有屐聲甚厲，定是庾公。

俄而率左右十許人步來」，可謂聞其聲見其人。又如《豪爽》記王敦「自言知打鼓吹，帝令取鼓與之。於坐振袖而起，揚槌奮擊，音節諧捷，神氣豪上，傍若無人」，其豪爽之態躍然紙上。又如《任誕》：「蘇峻亂，諸庾逃散。庾冰時為吳郡，單身奔亡。民吏皆去，唯郡卒獨以小船載冰出錢塘口，覆之。時峻賞募覓冰，屬所在搜檢甚急。卒舍船市渚，因飲酒醉，還，舞棹向船曰：『何處覓庾吳郡，此中便是！』冰大惶怖，然不敢動。監司見船小裝狹，謂卒狂醉，都不復疑。自送過江，寄山陰魏家，得免。」庾冰逃難途中命懸一線，情節之緊張令人握中生汗。可見，《世說新語》的文學成就極高，所以歷來被視為我國古典文學名著之一。

《世說新語》反映最豐富的一部分內容，是魏晉時期的名士風度。名士風度，也稱魏晉風度，是魏晉時期名士們言談舉止的一個總括。名士風度有二個主要的外在表現形式：飲酒、服藥、清談。

魏晉時期士人階層中嗜酒成風，而且毫無節制。劉伶因飲酒過度而傷了身體，妻子哭泣着勸他戒酒，但他卻說：「婦人之言，慎不可聽！」接着便引酒進肉，隗然已醉；孔群當田裏收成不佳時，他關心的不是口糧不夠的問題，而是擔心不夠釀酒；周顗曾經一連三日醉酒不醒，被當時人戲稱為「三日僕射」；阮咸等人甚至與群豬共飲；阮籍聽說步兵校尉官署的廚房裏貯酒數百斛，便求為步兵校尉；張翰說過一句名言：「使我有身後名，不如即時一杯酒！」此類故事比比皆是。究其原因，大致有四個方面。

其一是縱欲享樂。漢末開始的社會動亂使人們毫無安全感，很多人便開始轉向及時行樂，用酒精來痲痺自己，畢卓所說「拍浮酒池中，便足了一生」（《任誕》）就是一個很好的寫照。

其二是懼禍避世，明哲保身。魏晉時期政局不穩，政權的更迭、權力的轉移極為頻繁，很多士人為能在紛亂的時局中保全自己，便以嗜酒來表示自己在政治上的超脫。如阮籍終日飲酒不問政事，因此得以壽終。

其三是表現任性放達的名士風度。魏晉名士追求曠達任放，並以飲酒作為表現形式。如「竹林七賢」「常集於竹林之下，肆意酣暢」，因此為世人所稱道；又如阮脩不慕權貴，常「以百錢掛杖頭，至酒店，便獨酣暢」，以顯示其灑脫和不羈。

其四是追求物我兩忘的境界。魏晉名士好老莊之學，講求形神相親，而狂飲爛醉便可達到物我兩忘的境界，求得高遠之志。所以王蘊說：「酒，正使人人自遠。」（《任誕》）王忱說：「三日不飲酒，覺形神不復相親。」（《任誕》）

當然，魏晉名士中也並非個個是酒徒，干寶就曾勸郭璞不要飲酒過度，大名士王導更是屢屢勸人戒酒，並成功地幫助晉元帝戒了酒癮。

魏晉名士還很流行服五石散。五石散主要由丹砂、雄黃、白礬、曾青、磁石這五種金石類藥調製而成，因藥性猛烈，服後需行走發散，故名五石散。又服者需冷食、薄衣，故亦稱寒食散。服散的目的，主要是為了求得長生，其次是為了感官的刺激，據說服後可以心情開朗、體力增強。何晏就曾說：「服五石散非唯治病，亦覺神明開朗。」（《言語》）此外，服散據說還有美容的功能，對服散頗有心得的大名士何晏即「美姿容，面至白」（《容止》），名士們因此紛紛效仿，形成風尚。

飲酒和服藥展現的是魏晉名士任性、放達的性格特徵，而清談則是魏晉名士外在風度和內在氣質的綜合體現。清談起於漢末，名士群集，臧否人物，評論時事，稱為清議。魏晉時期的清談則側重於玄學，即所謂內聖外王、天人之際的玄遠哲理。清談時一般分為賓主兩方，先由談主設立論題，並進行申述，稱為「通」；次由他人就論題加以詰辯，稱為「難」。也可以由談主自為賓主，反復分析義理。清談時，名士們往往手持麈尾，以之指劃。如殷浩拜會王導時，王導特地「自起解帳帶麈尾」，說：「身今日當與君共談析理。」（《文學》）孫盛和殷浩清談終日，無暇飲食，激動時揮舞麈尾，結果飯菜中掉滿了麈尾上脫落的毛（《文學》）。

清談是魏晉名士相互交流的場合，有些人能藉以一舉成名，如東晉名僧康僧淵一開始並不為人所知，一天他徑直到殷浩家裏去，「粗與寒溫，遂及義理，語言辭旨，曾無愧色，領略粗舉，一往參詣，由是知之」（《文學》）；有些人能結交到知己，如王羲之本來輕視支道林，但支道林論《莊子．逍遙遊》時，「作數千言，才藻新奇，花爛映發。王遂披襟解帶，留連不能已」（《文學》）；有些人則借機刁難尋仇，如許詢年少氣盛，聽說人們把他比作王脩，覺得小看了他，「意甚忿，便往西寺與王論理，共決優劣，苦相折挫，王遂大屈」（《文學》）。

清談時賓主辯論往往非常激烈，有時高下立判，有時則不相上下。一般情況下名士們都能惺惺相惜，如王導與殷浩「既共清言，遂達三更」，王導歎曰：「向來語乃竟未知理源所歸。至於辭喻不相負，正始之音，正當爾耳。」（《文學》）但也有反目成仇的，如于法開和支道林爭名，他在逐漸處於下風時隱居剡縣，經過精心準備，讓弟子去和支道林辯論，並預先設計好辯論的內容與步驟，「林公遂屈，厲聲曰：『君何足復受人寄載來！』」（《文學》）

除了飲酒、服藥和清談，魏晉名士們也注重內在的修養，《世說新語》把「德行」放在篇首，就很能說明問題。如陳蕃「言為士則，行為世範」、王祥至孝感動後母、庾亮不以己禍嫁人、殷仲堪性節儉、羅企生盡忠就義，說明雖然身逢亂世，但魏晉名士仍以德行為高，殊為感人。此外，魏晉名士多存高遠之志，如劉惔之超然物外、戴逵厲操東山、管寧與華歆割席斷交，這些都積澱為中國知識份子潔身自好、不為五斗米折腰的優良傳統。

讀《世說新語》，不能不讀南朝梁劉孝標的注。歷來對劉孝標的注都有很高的評價，《四庫全書總目提要》說：「孝標所注，特為典贍……其糾正義慶之紕繆，尤為精核。所引諸書，今已佚其十之九，惟賴是注以傳。故與裴松之《三國志注》、酈道元《水經注》、李善《文選注》同為考據家所引據焉。」

《世說新語》所載人物和故事，發生在魏晉南北朝這一特定的歷史時期，所以要讀通讀懂《世說新語》，則必須首先了解當時的社會歷史背景。切忌以現代人的觀念和常識，對魏晉時期的人物和故事進行品評，否則在理解上就難免會出現南轅北轍的情況。

本書節選了《世說新語》的部分精彩內容，以故事性、趣味性和哲理性為主，以原書順序編排篇目，並直譯，以便於讀者閱讀和理解。

沈海波

二〇一二年一月

德行第一

1 陳仲舉言為士則，行為世範，登車攬轡（pèi），有澄清天下之志。為豫章太守，至，便問徐孺子所在，欲先看之。主簿（bù）白：「群情欲府君先入廨（xiè）。」陳曰：「武王式商容之閭（lǘ），席不暇暖。吾之禮賢，有何不可？」

陳蕃（字仲舉）的言談成為士子準則，其行為成為世人典範，為官赴任，懷抱着掃除奸佞使天下歸於清平的志向。他就任豫章太守時，一到治所就詢問徐孺子的住所，準備先行拜訪。主簿說：「大家都希望府君先進官署。」陳仲舉回答道：「武王克殷後連坐席都來不及坐暖，就去商容住處拜望致意。我禮敬賢人，有什麼不可以呢？」

7 客有問陳季方：「足下家君太丘，有何功德，而荷天

有客人問陳諶（字季方）：「您的父親有什麼功業德行，而能夠擔當天下如此大的名聲

下重名？」季方曰：「吾家君譬如桂樹生泰山之阿（ē），上有萬仞之高，下有不測之深；上為甘露所霑，下為淵泉所潤。當斯之時，桂樹焉知泰山之高，淵泉之深？不知有功德與無也。」

8

陳元方子長文，有英才，與季方子孝先各論其父功德，爭之不能決。咨於太丘，太丘曰：「元方難為兄，季方難為弟。」

呢？」陳諶說：「我父親就好比桂樹生長在泰山的山彎裏，上有萬仞高的山峰，下有不可測量的溪谷；上面受到甘甜露水的霑溉，下面又有深邃泉水的滋潤。在這時候，桂樹哪裏知道泰山有多高，淵泉有多深呢？我不知道我父親是有功德呢，還是沒有功德！」

陳紀（字元方）之子陳群（字長文）有傑出的才智，與陳諶之子陳忠（字孝先）各自論頌父親的功德，爭執不下。於是便去問陳寔，陳寔說：「元方做兄長的不容易，難以勝過小弟；季方做小弟也不易，難以勝過兄長。」

11 管寧、華歆（xīn）共園中鋤菜，見地有片金，管揮鋤與瓦石不異，華捉而擲去之。又嘗同席讀書，有乘軒冕過門者，寧讀如故，歆廢書出看。寧割席分坐，曰：「子非吾友也！」

14 王祥事後母朱夫人甚謹。家有一李樹，結子殊好，母恒使守之。時風雨忽至，祥抱樹而泣。祥嘗在別床眠，母自往暗斫（zhuó）

管寧與華歆一起在園中鋤地種菜，看到地上有一片金子，管寧照樣揮鋤，把金子視同瓦片石塊，華歆則把金子撿起來扔掉。二人又曾經同坐在一張坐席上讀書，有官員乘坐車馬從門外經過，管寧照樣讀書，華歆卻扔下書本跑出去看。於是管寧割斷席子與華歆分開坐，說：「你和我不是同道中人！」

王祥侍奉後母非常恭敬。家中有一棵李樹，結出的李子特別好，後母經常叫他去守護李樹。有時碰上急風暴雨，王祥會抱着樹哭泣。王祥曾睡在別的床上，後母暗中過去用刀砍他。碰巧王祥起床解手，後母一刀砍空，只之。值祥私起，空斫得被。既還，知母憾之不已，因跪前請死。母於是感悟，愛之如己子。

王戎、和嶠同時遭大喪，俱以孝稱。王雞骨支床，和哭泣備禮。武帝謂劉仲雄曰：「卿數（shuò）省（xǐng）王、和不（fǒu）？聞和哀苦過禮，使人憂之。」仲雄曰：「和嶠雖備禮，神氣不損；王戎雖不備禮，而哀

砍在被子上。王祥回來後知道後母非常恨他，便跪在她面前請求處死自己。後母因此受到感動，終於醒悟過來，疼愛他就像親生兒子一樣。

王戎、和嶠同時遭到大喪，兩人都以孝順著稱。王戎瘦骨嶙峋，精神萎頓，臥床不起；和嶠則痛哭流涕合於禮數。武帝對劉仲雄說：「你常去看望王戎、和嶠嗎？聽說和嶠哀傷痛苦得超過了禮數，真令人為他擔憂。」劉仲雄回答道：「和嶠雖然禮數周到，但人的精神元氣並未受損；王戎雖然禮數不周，但哀傷毀損身體以致只剩下一把骨頭了。我以為和嶠盡

毀骨立。臣以和嶠生孝，王戎死孝。陛下不應憂嶠，而應憂戎。」

31 庾（yú）公乘馬有的盧，或語令賣去。庾云：「賣之必有買者，即復害其主，寧可不安己而移於他人哉？昔孫叔敖殺兩頭蛇以為後人，古之美談。效之，不亦達乎？」

32 阮（ruǎn）光祿在剡（shàn），曾有好車，借者無不皆給。有人葬母，意欲

孝不會影響性命，而王戎則哀傷過度會危及性命。陛下不必為和嶠擔憂，而應為王戎擔憂。」

庾亮所乘的馬中有一匹的盧馬，有人勸他賣掉。庾亮說：「我賣掉此馬，必定有買它的人，那又害了它的新主人。怎麼能因這馬對自己不利就把禍害轉移給別人呢？過去孫叔敖殺死兩頭蛇為後人除害，成為古來的美談。我仿效他，不也是通曉事理嗎？」

光祿大夫阮裕閒居剡縣時，曾經有一架好車，凡有人來借，沒有一個不借給的。有人要安葬母親，想借車子卻又不敢開口。阮裕聽說

借而不敢言，阮後聞之，歎曰：「吾有車，而使人不敢借，何以車為？」遂焚之。

晉簡文為撫軍時，所坐床上，塵不聽拂，見鼠行跡，視以為佳。有參軍見鼠白日行，以手板批殺之，撫軍意色不說。門下起彈，教曰：「鼠被害尚不能忘懷，今復以鼠損人，無乃不可乎？」

殷仲堪既為荊州，值水儉，食常五碗盤，外無餘

了這件事後，歎息道：「我有好車卻讓別人不敢借用，要這車有什麼用呢？」於是就把車燒掉了。

晉簡文帝任撫軍大將軍時，所坐床榻上的塵灰不讓拂拭，看見上面有老鼠爬過的痕跡，反而認為很好。有位參軍看見老鼠白天爬出來，就用手板把它打死了。簡文帝露出很不高興的神色，下屬便來彈劾這位參軍。簡文帝說：「老鼠被打死尚且不能令人忘懷，現在又因為老鼠而傷害到人，豈不是更不應該了嗎？」

殷仲堪任荊州刺史後，遇到水災歉收，吃飯時常常只用五碗盤盛菜，此外就沒有什麼菜

肴，飯粒脫落盤席間，輒（zhé）拾以噉（dàn）之。雖欲率物，亦緣其性真素。每語子弟云：「勿以我受任方州，云我豁平昔時意，今吾處之不易。貧者，士之常，焉得登枝而捐其本！爾曹其存之。」

43 桓（huán）南郡既破殷荊州，收殷將佐十許人，咨議羅企生亦在焉。桓素待企生厚，將有所戮，先遣人語

肴了，如有飯粒掉在桌子上，他總是撿起來吃掉。他這樣做雖然是出於做表率的目的，卻也是由於他的本性自然坦率。殷仲堪常告誡子弟說：「不要認為我擔任了大州的長官，就可以說我拋棄了往日的心願，我現在仍然沒有改變。清貧是士人的本分，哪能一登上高枝就丟掉根本呢？你們一定要牢記我的話！」

南郡公桓玄打敗荊州刺史殷仲堪後，收捕了十多個殷的部將僚屬，咨議羅企生也在其中。桓玄一向優待羅企生，當他準備處決一些人時，先派人對羅企生說：「你如果向我謝

云：「若謝我，當釋罪。」企生答曰：「為殷荊州吏，今荊州奔亡，存亡未判，我何顏謝桓公！」既出市，桓又遣人問：「欲何言？」答曰：「昔晉文王殺嵇（jī）康，而嵇紹為晉忠臣。從公乞一弟以養老母。」桓亦如言宥（yòu）之。桓先曾以一羔裘與企生母胡，胡時在豫章，企生問至，即日焚裘。

吳郡陳遺，家至孝。母

罪，我就免你之罪。」羅企生回答道：「我作為殷荊州的屬吏，如今他逃亡在外，生死還沒有弄清楚，我有什麼臉面向桓公謝罪！」當羅企生綁赴刑場時，桓玄又派人去問：「還有什麼話要說？」答道：「過去晉文王殺嵇康，而他兒子嵇紹成為晉的忠臣。我懇請桓公留下我的一個弟弟事奉老母。」桓玄同意了這個要求，赦免其弟。桓玄先前曾經送給羅企生的母親胡氏一件羔羊皮袍，當時胡氏在豫章郡，當羅企生被殺的消息傳到時，胡氏當天就把皮袍燒掉了。

吳郡人陳遺在家極其孝順。他母親喜歡吃

好食鐺（chēng）底焦飯，遺作郡主簿，恒裝一囊，每煮食，輒貯錄焦飯，歸以遺母。後值孫恩賊出吳郡，袁府君即日便征。遺已聚斂得數斗焦飯，未展歸家，遂帶以從軍。戰於滬瀆（dú），敗，軍人潰散，逃走山澤，皆多饑死，遺獨以焦飯得活。時人以為純孝之報也。

鍋底焦飯，陳遺任職州郡主簿時，常帶一隻口袋，每次煮飯，總是把鍋底焦飯裝起來，帶回家給母親吃。後來碰到孫恩在吳郡叛亂，袁山松當天即出征討伐。陳遺已經收存了幾斗焦飯，還來不及送回家，就帶着跟隨軍隊出發了。在滬瀆一帶交戰，官軍戰敗，四散潰逃，跑到山林水澤中，大都餓死，只有陳遺靠着所帶焦飯活了下來。當時人都認為這是他純孝的好報。

言語第二

邊文禮見袁奉高，失次序。奉高曰：「昔堯聘許由，面無怍（zuò）色。先生何為顛倒衣裳？」文禮答曰：「明府初臨，堯德未彰，是以賤民顛倒衣裳耳。」

孔文舉年十歲，隨父到洛。時李元禮有盛名，為司隸校尉。詣門者，皆俊才清稱及中表親戚乃通。文舉至門，謂吏曰：「我是李府君親。」

邊讓（字文禮）見到袁閬（字奉高）時，舉止失措。袁閬說：「古時堯帝聘請許由時，許由面無愧色。先生你為什麼慌亂呢？」邊讓回答道：「明府剛剛蒞任，帝堯般的德行尚未彰顯，所以我這個小民百姓才會手忙腳亂呀。」

孔融（字文舉）十歲時，跟隨父親到洛陽。當時李膺（字元禮）享有很高的名望，任司隸校尉。凡是登門造訪的，只有那些有着高潔名聲的傑出之士，以及中表親戚才能通報進門。孔融到了李府門前，對守門吏說：「我是既通，前坐。元禮問曰：「君與僕有何親？」對曰：「昔先君仲尼與君先人伯陽有師資之尊，是僕與君奕世為通好也。」元禮及賓客莫不奇之。太中大夫陳韙（wěi）後至，人以其語語之。韙曰：「小時了了，大未必佳。」文舉曰：「想君小時，必當了了。」韙大踧踖（cùjí）。

5 孔融被收，中外惶怖。時融兒大者九歲，小者八

李府君的親戚。」通報進門後，孔融坐到了前面。李膺問孔融：「您和我是什麼親戚？」孔融答道：「過去我的祖先孔子與您的先人老子有師生之誼，所以我與您世代為通家之好。」李膺及賓客聽了孔融的話無不感到驚奇。太中大夫陳韙晚到，有人把孔融的話告訴他。陳韙說：「小的時候聰明伶俐，長大後不見得就很好。」孔融說：「想來您小的時候，必定是聰明伶俐的了！」陳韙聽後大為尷尬。

孔融被逮捕時，朝廷內外無不惶恐懼怕。當時孔融的大兒子九歲，小兒子八歲，他們照

歲，二兒故琢釘戲，了無遽（jù）容。融謂使者曰：「冀罪止於身，二兒可得全不？」兒徐進曰：「大人豈見覆巢之下，復有完卵乎？」尋亦收至。

潁川太守髡（kūn）陳仲弓。客有問元方：「府君何如？」元方曰：「高明之君也。」「足下家君何如？」曰：「忠臣孝子也。」客曰：「《易》稱：『二人同心，其利

樣做琢釘的遊戲，完全沒有一點驚慌的神色。孔融對派來逮捕他的人說：「希望罪過只在我一人之身，兩個兒子的性命能否保全？」兩個兒子從容向前說：「父親大人難道見過傾覆的鳥窩下會有完好的鳥蛋嗎？」不久逮捕他們的人也就到了。

潁川太守對陳寔（字仲弓）施以髡刑。有客人問陳紀（字元方）：「潁川太守為人怎麼樣？」陳紀說：「是高明的府君。」又問：「您父親怎麼樣？」答：「是忠臣孝子。」客人說：「《周易》有名言說：『兩個人一條心，就如同鋒利的刀能斬斷金屬；兩個人心意相投，則其

斷金；同心之言，其臭（xiù）如蘭。』何有高明之君，而刑忠臣孝子者乎？」元方曰：「足下言何其謬也！故不相答。」客曰：「足下但因傴（yǔ）為恭，而不能答。」元方曰：「昔高宗放孝子孝己，尹吉甫放孝子伯奇，董仲舒放孝子符起。唯此三君，高明之君；唯此三子，忠臣孝子。」客慚而退。

香氣猶如蘭草一樣芬芳。』哪有高明的府君會對忠臣孝子施刑的呢？」陳紀說：「您的話是何等的荒謬啊！所以我不予回答。」客人說：「您只不過因為駝背裝着恭敬一樣，而實際上不能回答。」陳紀說：「古代殷高宗放逐孝子孝己，尹吉甫放逐孝子伯奇，董仲舒放逐孝子符起。這三位都是高明之君，這三個孝子都是忠臣孝子。」客人聽後慚愧地走開了。

8 禰衡被魏武謫為鼓

禰衡被魏武帝曹操貶為擊鼓的小吏，於正

吏，正月半試鼓。衡揚枹（fú）為《漁陽摻（càn）檛（zhuā）》，淵淵有金石聲，四座為之改容。孔融曰：「禰衡罪同胥靡，不能發明王之夢。」魏武慚而赦之。

9 南郡龐士元聞司馬德操在潁川，故二千里候之。至，遇德操采桑，士元從車中謂曰：「吾聞丈夫處世，當帶金佩紫，焉有屈洪流之量，而執絲婦之事？」德操

月十五日試鼓。禰衡舉起鼓槌擊奏《漁陽摻檛》之曲，鼓聲深沉凝重有金石之聲，滿座賓客無不為之動容。孔融說：「禰衡的罪過跟刑徒相同，但不能使主上像賢明君王那樣有求賢之夢。」曹操聽後感到慚愧，便赦免了禰衡。

南郡龐統（字士元）聽說司馬德操在潁川，特地從二千里外趕去拜候他。到那裏時正遇到司馬德操在採桑。龐統從車中對他說：「我聽說大丈夫生在世上，應當帶金佩紫地做大官，哪有委屈自己宏大的志向去做織婦幹的事呢？」司馬德操說：「您請先下車。您已經

曰：「子且下車。子適知邪徑之速，不慮失道之迷。昔伯成耦（ǒu）耕，不慕諸侯之榮；原憲桑樞，不易有官之宅。何有坐則華屋，行則肥馬，侍女數十，然後為奇？此乃許、父所以忼慨，夷、齊所以長歎。雖有竊秦之爵，千駟之富，不足貴也。」士元曰：「僕生出邊垂，寡見大義，若不一叩洪鐘、伐雷鼓，則不識其音響也！」

知道走小路快捷，卻沒有想到有迷路的危險。古代伯成子高在地裏耕種，並不羨慕諸侯的榮耀；原憲雖住陋屋，也不去換取大官的豪宅。哪裏有住在華麗的屋中，出行騎着高頭大馬，身旁圍繞着侍女數十位，然後才算是奇特、高人一等？這也就是許由、巢父慷慨辭讓天下的原因，也就是伯夷、叔齊長歎恥食周粟的緣故。即使有呂不韋那樣從秦國竊取的爵位，有齊景公那樣擁有數千匹馬的巨富，也是不值得尊貴的。」龐統說：「我生在偏僻的邊地，很少聽到大道理，如果不是今天叩響大鐘，敲打雷鼓，那就不會知道深沉的聲響了！」

31 過江諸人，每至美日，輒相邀新亭，藉（jiè）卉飲宴。周侯中坐而歎曰：「風景不殊，正自有山河之異！」皆相視流淚。唯王丞相愀（qiǎo）然變色曰：「當共戮（lù）力王室，克復神州，何至作楚囚相對！」

70 王右軍與謝太傅共登冶城，謝悠然遠想，有高世之志。王謂謝曰：「夏禹勤王，手足胼胝（piánzhī）；文王

過江避難的士人們，每逢風和日麗的好天氣，總是相邀一起到新亭，坐在草地上聚會飲酒。周顗坐到中途感歎說：「風景沒有什麼兩樣，只是山河有了改變！」大家都相看流淚。只有丞相王導臉色大變說：「我們應當同心協力輔佐王室，恢復中原，為什麼像楚囚那樣相對哭泣！」

右軍將軍王羲之與太傅謝安一起登上冶城，謝安悠閒自在地沉湎於遐想中，似有超世脫俗的志趣。王羲之說：「夏禹為國事操勞，手腳都長滿了繭子；文王整天忙於政事，到晚

旰（gàn）食，日不暇給。今四郊多壘，宜人人自效；而虛談廢務，浮文妨要，恐非當今所宜。」謝答曰：「秦任商鞅，二世而亡，豈清言致患邪？」

71

謝太傅寒雪日內集，與兒女講論文義，俄而雪驟，公欣然曰：「白雪紛紛何所似？」兄子胡兒曰：「撒鹽空中差可擬。」兄女曰：「未若柳絮因風起。」公大笑樂。

上才吃上飯，沒有一點兒空閒時間。現在戰事不斷，每個人都應為國效力。然而空談會荒廢政務，浮華的文風會妨礙國事，恐怕與當前國勢不適應吧。」謝安答道：「秦用商鞅的嚴刑峻法，僅僅兩代就滅亡了，難道是清談造成的禍患嗎？」

太傅謝安在寒冷的雪天把一家人聚集到一起，給兒女們講論文章的義理。一會兒雪下得急了，謝安高興地說：「這白雪紛飛像什麼呢？」侄兒謝朗（小名胡兒）說：「好比是把鹽撒到空中一樣。」侄女謝道韞說：「還不如說是柳絮憑藉風勢在空中起舞。」謝安聽後樂即公大兄無奕女，左將軍王凝之妻也。

76 支公好鶴，住剡東岇（àng）山。有人遺其雙鶴，少時翅長欲飛，支意惜之，乃鎩（shā）其翮（hé）。鶴軒翥（zhù）不復能飛，乃反顧翅垂頭，視之如有懊喪意。林曰：「既有陵霄之姿，何肯為人作耳目近玩！」養令翮成，置使飛去。

得大笑。她就是謝安長兄謝無奕的女兒，左將軍王凝之的妻子。

支遁喜愛鶴，住在剡縣東面的岇山。有人送給他一對鶴，不久鶴的翅膀長成了想飛，支遁心裏捨不得它們，便剪去它們的翅莖。鶴張開翅膀卻不再能飛了，就回過頭看着翅膀，垂下頭來，看上去好像有懊喪的意思。支遁說：「它們既然有直上雲霄的資質，怎麼肯被人們當作耳目觀賞的玩物呢！」於是把鶴餵養到翅膀長好後，放它們飛翔而去。

政事第三

11

成帝在石頭，任讓在帝前戮侍中鍾雅、右衛將軍劉超。帝泣曰：「還我侍中。」讓不奉詔，遂斬超、雅。事平之後，陶公與讓有舊，欲宥之。許柳兒思妣（bǐ）者至佳，諸公欲全之。若全思妣，則不得不為陶全讓，於是欲並宥之。事奏，帝曰：「讓是殺我侍中者，不可宥！」諸公以少主不可違，

成帝被蘇峻劫持在石頭城，任讓在成帝面前殺害了侍中鍾雅和右衛將軍劉超。當時成帝哭道：「還我侍中！」任讓不聽詔諭，還是殺了劉超和鍾雅。叛亂平定後，陶侃與任讓原有交情，想要赦免他。許柳之子許永（字思妣）才貌極好，朝廷的大臣們都想保全他。但是如果保全許永，就不得不為陶侃保全任讓，於是就想同時赦免這兩個人。此事上奏後，成帝說：「任讓是殺我侍中的人，不可赦免！」諸位大臣認為小皇帝的話不能違抗，就把兩個人一起殺了。

並斬二人。

12 王丞相拜揚州，賓客數百人並加霑接，人人有說（yuè）色。唯有臨海一客姓任及數胡人為未洽。公因便還到過任邊，云：「君出，臨海便無復人。」任大喜說。因過胡人前，彈指云：「蘭闍！蘭闍（shé）！」群胡同笑，四坐並歡。

18 王、劉與林公共看何驃騎，驃騎看文書，不顧之。

丞相王導被任為揚州刺史時，來賓幾百人都受到他的親切款待，賓客們人人都面有喜色。只有臨海一位姓任的來賓及幾位印度僧人臉上神情僵硬。王導於是找個機會回過去到任姓客人身邊說：「您出來做官，臨海就不再有賢人了。」任姓客人聽了大為高興。王導隨即便到了印度僧人面前，彈着手指說：「蘭闍！蘭闍！」幾位印度僧人聽了這讚譽之言也都笑了，四座賓客都很盡興。

王濛、劉惔和林公支遁一起去探望驃騎將軍何充，何充正在看文書，沒有搭理他們。

王謂何曰：「我今故與林公來相看，望卿擺撥常務，應對玄言，那得方低頭看此邪（yé）？」何曰：「我不看此，卿等何以得存？」諸人以為佳。

19

桓公在荊州，全欲以德被江、漢，恥以威刑肅物，令史受杖，正從朱衣上過。桓式年少，從外來，云：「向從閣下過，見令史受杖，上捎雲根，下拂地足。」意識

王濛對何充說：「我現在特地與林公一起來探望，希望您能把日常事務放下，一起來談論玄理。您怎麼還能埋頭看這些東西呢？」何充說：「我不看這些文書，你們這些人怎麼能倖存呢？」大家都認為這話說得妙。

桓溫在任荊州刺史時，一心想使恩德遍及江、漢地區，把用嚴刑峻法懲治人當作恥辱。令史受到杖刑的處罰時，大杖也只是從紅衣上輕輕帶過。桓式當時年紀還小，從外邊進來，說：「剛才我從官署經過，看到令史受杖刑，那杖高高地舉起像是捎帶到雲根，輕輕地落

不著（zhuó）。桓公云：「我猶患其重。」

謝公時，兵廝逋（bū）亡，多近竄南塘下諸舫中。或欲求一時搜索，謝公不許，云：「若不容置此輩，何以為京都？」

下，又像是拂過地面。」諷刺杖刑只是在擺樣子。桓溫說：「我還怕打得太重了。」

謝安執政時，士兵與僕役逃亡後，大多數都就近藏在秦淮河南塘下的船隻中。有人想請求謝安同時將這些人搜查出來，謝安不允許，說：「如果不能容納安置這些人，怎麼能算是京都呢？」

文學第四

1

鄭玄在馬融門下，三年不得相見，高足弟子傳授而已。嘗算渾天不合，諸弟子莫能解。或言玄能者，融召令算，一轉便決，眾咸駭服。及玄業成辭歸，既而融有「禮樂皆東」之歎，恐玄擅名而心忌焉。玄亦疑有追，乃坐橋下，在水上據屐。融果轉式逐之，告左右曰：「玄在土下水上而據木，此必死

鄭玄在馬融門下求學，三年都見不到老師，僅由馬融的高足弟子傳授罷了。馬融曾用渾天儀測算日月星辰的位置，但是與實際情況不符合，眾多弟子也都無法解決。有人推薦鄭玄說他能行，馬融便讓他來推算，鄭玄把渾天儀一轉便立即解決了問題，大家全都驚訝佩服不已。等到鄭玄學業完成辭別回鄉，馬融就有了「禮樂都向東去了」的感歎，他怕鄭玄獨享盛名而心存忌憚。鄭玄也懷疑有人來追，便坐在橋底下，憑靠着木屐浮在水面上。馬融果然轉動栻盤推算鄭玄的去向來追他，告訴左右侍

矣。」遂罷追。玄竟以得免。

4 服虔既善《春秋》，將為注，欲參考同異。聞崔烈集門生講傳，遂匿姓名，為烈門人賃（lìn）作食。每當至講時，輒竊聽戶壁間。既知不能逾己，稍共諸生敘其短長。烈聞，不測何人。然素聞虔名，意疑之。明蚤往，及未寤（wù），便呼：「子

從說：「鄭玄在土下水上又靠着木頭，這是必死之兆了。」於是停止了追趕，鄭玄終於因此得以免禍。

服虔（字子慎）擅長《左傳》之學，準備為它作注釋，想要參考比較各種觀點。聽說崔烈聚集門生講授《左傳》，便隱姓埋名，作為崔烈門人的傭工替他們做飯。每當到了崔烈講授時，他就在門外牆壁後偷聽。在了解了崔烈不能超過自己後，就逐漸同門生們談論崔烈之說的優劣。崔烈聽說後，猜測不出是什麼人。但他素來聽說過服虔的名聲，懷疑就是他。第二天一早崔烈就去服虔處，趁着他沒有睡醒，

慎！子慎！」虔不覺驚應，遂相與友善。

14

衛玠總角時，問樂令夢，樂云：「是想。」衛曰：「形神所不接而夢，豈是想邪？」樂云：「因也。未嘗夢乘車入鼠穴，擣齏（jī）噉（dàn）鐵杵（chǔ），皆無想無因故也。」衛思因經日不得，遂成病。樂聞，故命駕為剖析之，衛即小差（chài）。樂歎曰：「此兒胸中

就喊道：「子慎！子慎！」服虔驚醒過來不自覺地答應了，兩人因此成了好朋友。

衛玠童年時問樂廣人為什麼會做夢。樂廣說：「夢是有所思才有的。」衛玠說：「形體與精神沒有接觸的東西也會入夢，難道是有所思造成的嗎？」樂廣說：「總是有因緣的。人從來不會夢見乘着車子進入蟻穴，把菜末擣碎卻吃下鐵棒，這些都是沒有所思沒有因緣的緣故。」衛玠因終日思考不得其解，於是得了病。樂廣聽說後，特意命人駕車去為他分析解釋這個問題，衛玠的病即刻稍有好轉，樂廣感歎說：「這孩子心中必定不會有鬱結其中的疑難。」

當必無膏肓（huāng）之疾。」

22 殷中軍為庾公長史，下都，王丞相為之集，桓公、王長史、王藍田、謝鎮西並在。丞相自起解帳帶麈尾，語殷曰：「身今日當與君共談析理。」既共清言，遂達三更。丞相與殷共相往反，其餘諸賢略無所關。既彼我相盡，丞相乃歎曰：「向來語乃竟未知理源所歸。至於辭喻不相負，正始之音，正當爾

中軍將軍殷浩擔任庾亮的長史時，從荊州東下京城，丞相王導為他舉行集會，桓溫、王濛、王述、謝尚等都在座。王導親自起身解下掛在帳帶上的麈尾，對殷浩說：「我今天要與您一起辨析玄理。」他們便一起清談，一直到了半夜三更。王導與殷浩兩個人反復辯難，其餘幾位名士毫無插嘴的餘地。他們彼此都把道理說盡後，王導歎息道：「一直以來所說的，竟然不知玄理的本源之所在。至於辭語之意與比喻的運用不相稱，正始之音，正應當是如此的吧。」第二天早晨，桓溫對人說：「昨夜聽

耳。」明旦，桓宣武語人曰：「昨夜聽殷、王清言，甚佳，仁祖亦不寂寞，我亦時復造心；顧看兩王掾（yuàn），輒（zhé）翣（shà）如生母狗馨（xīn）。」

25

褚（chǔ）季野語孫安國云：「北人學問，淵綜廣博。」孫答曰：「南人學問，清通簡要。」支道林聞之，曰：「聖賢固所忘言，自中人以還，北人看書如顯處視月，南人

殷、王清談，非常美妙。仁祖（謝尚，字仁祖）也不感到寂寞，我也常常心有所悟。回頭看兩位王姓屬官，光眨眼，就像那活母狗一樣。」

褚裒（字季野）對孫盛（字安國）說：「北方人做學問，深厚綜合，廣闊博大。」孫盛答道：「南方人做學問，清楚通達，簡明扼要。」支遁聽到後說：「聖賢之人本來就只須意會無須言詞。從中等以下的人來看，北方人看書，好像在顯亮的地方看月亮；南方人做學問，好

學問如牖中窺日。」

像透過窗戶看太陽。」

28 謝鎮西少時，聞殷浩能清言，故往造之。殷未過有所通，為謝標榜諸義，作數百語，既有佳致，兼辭條豐蔚，甚足以動心駭聽。謝注神傾意，不覺流汗交面。殷徐語左右：「取手巾與謝郎拭面。」

鎮西將軍謝尚年輕時聽說殷浩善於清談，便特地去拜訪他。殷浩沒有過多地闡發，只是為謝尚揭示各種義理，說了幾百言，既有美妙的情趣，又兼具文采，很足以激動人心，震駭聽聞。謝尚全神貫注地傾聽，不知不覺汗流滿面。殷浩從容地對左右侍從說：「拿手巾來給謝郎擦臉。」

31 孫安國往殷中軍許共論，往反精苦，客主無間。左右進食，冷而復暖者數

孫盛（字安國）到中軍將軍殷浩處共同談論義理，兩人竭盡全力反復辯論，主客雙方論辯毫無間隙。左右侍從送上飯菜，冷了再熱，

四。彼我奮擲麈尾，悉脱落滿餐飯中，賓主遂至莫忘食。殷乃語孫曰：「卿莫作強（jiàng）口馬，我當穿卿鼻！」孫曰：「卿不見決鼻牛，人當穿卿頰！」

王逸少作會稽，初至，支道林在焉。孫興公謂王曰：「支道林拔新領異，胸懷所及乃自佳，卿欲見不？」王本自有一往雋氣，殊自輕之。後孫與支共載往王許，

熱了再冷，反復多次。雙方辯論時都奮力揮動麈尾，麈尾上的毛都脱落到了飯菜上，賓主雙方直到傍晚都忘了吃飯。殷浩就對孫盛說：「您不要做強口馬，我要穿你的鼻子了。」孫盛說：「您沒見過掙脱鼻環逃走的強牛嗎，人家要穿您的面頰給你帶上嚼子了。」

王羲之（字逸少）任會稽內史，剛到任上，支遁正在那裏。孫綽（字興公）對王羲之說：「支道林標新理立異義，他的見解都很精妙，您想見他嗎？」王羲之原本就滿心傲然氣概，很輕視支道林。後來孫綽與支遁一起乘車到王羲之住處，王羲之總是保持距離，不跟支

王都領域，不與交言。須臾支退。後正值王當行，車已在門，支語王曰：「君未可去，貧道與君小語。」因論《莊子·逍遙遊》。支作數千言，才藻新奇，花爛映發。王遂披襟解帶，留連不能已。

38 許掾年少時，人以比王苟子，許大不平。時諸人士及支法師並在會稽西寺講，王亦在焉。許意甚忿，便往西寺與王論理，共決優劣，

遁交談。一會兒支遁告退。當時正值王羲之準備外出，車已備好在門口，支遁對王羲之說：「請不要走，我要與您稍講幾句話。」於是就談論《莊子·逍遙遊》，支遁講了洋洋數千言，才思文采新鮮奇特，如繁花爛漫，交相輝映。王羲之於是敞開衣襟，解開衣帶，對支遁戀戀不捨。

許詢年輕時，人們都把他比作王脩（小字苟子），許詢大不服氣。當時很多名士以及支遁都在會稽的西寺清談，王脩也在那裏。許詢心中很氣惱，便去西寺與王脩辯論玄理，相互決優劣，兩人竭盡全力要折服對方，王脩最終

苦相折挫，王遂大屈。許復執王理，王執許理，更相覆疏，王復屈。許謂支法師曰：「弟子向語何似？」支從容曰：「君語佳則佳矣，何至相苦邪？豈是求理中之談哉？」

39 林道人詣謝公，東陽時始總角，新病起，體未堪勞，與林公講論，遂至相苦。母王夫人在壁後聽之，再遣信令還，而太傅留之。

大受挫折。許詢又持王脩的道理，王脩則持許詢的道理，再一次互相反復辯論，王脩又一次屈服。許詢對支遁說：「我剛才的言辭怎麼樣？」支遁不慌不忙地說：「您的言辭好是好，但何至於苦苦相逼呢？這哪裏是探詢玄理的論辯呢？」

出家人支遁去拜訪謝安，東陽太守謝朗當時還在童年，病剛剛好，身體還經不起勞累。他與支遁談論玄理，以至於互相辯駁毫不相讓，他母親王夫人在壁後聽到他們的辯論，兩次派人傳話讓他回去，但謝安卻留住他不放。

王夫人因自出，云：「新婦少遭家難，一生所寄，唯在此兒。」因流涕抱兒以歸。謝公語同坐曰：「家嫂辭情慷慨，致可傳述，恨不使朝士見！」

于法開始與支公爭名，後情漸歸支，意甚不分（fèn），遂遁跡剡下。遣弟子出都，語使過會稽。於時支公正講小品。開戒弟子：「道林講，比汝至，當在某品

王夫人於是親自出來說：「我年輕時家門就遭到不幸，一生希望都寄託在這個孩子身上了。」於是流着淚把兒子抱了回去。謝安對在座的人說：「家嫂言辭情意都很感人，最值得傳揚稱道，遺憾的是不能讓朝中人士見到！」

于法開當初與支遁爭名，後來大家的心意逐漸歸向支遁，他心裏很不服氣，便隱居到剡縣。他派弟子到京都去，囑咐弟子要經過會稽。當時支遁正在講《小品》經。于法開告誡弟子說：「道林正在宣講佛經，等你到了那裏，應當講到某一章了。」於是就為弟子演示

中。」因示語攻難數十番，云：「舊此中不可復通。」弟子如言詣支公。正值講，因謹述開意，往反多時，林公遂屈，厲聲曰：「君何足復受人寄載來！」

康僧淵初過江，未有知者，恒周旋市肆，乞索以自營。忽往殷淵源許，值盛有賓客，殷使坐，粗與寒溫，遂及義理，語言辭旨，曾無愧色，領略粗舉，一往參

駁斥非難的問題有幾十個回合，並說：「這些問題老觀點是不可能講通的。」弟子按照他的話去拜訪支遁。正好碰到支遁在宣講，於是他就小心地陳述了于法開的意見，與支遁反復論辯很久，支遁最終敗下陣來，厲聲說：「你何必受別人指使傳遞他人之論呢！」

康僧淵剛剛過江時，沒有什麼人知道他，常常出入集市，靠乞討化緣營生。一天他突然到殷浩（字淵源）家去，正遇到殷家賓客盈門，殷浩讓他入座，他稍稍寒暄幾句後，便講到了玄學名理的論題，言談中的措辭和意趣，比起他人來毫無愧色，憑藉着領悟能力略加闡

詣，由是知之。

53 張憑舉孝廉，出都，負其才氣，謂必參時彥。欲詣劉尹，鄉里及同舉者共笑之。張遂詣劉，劉洗濯（zhuó）料事，處之下坐，唯通寒暑，神意不接。張欲自發無端。頃之，長史諸賢來清言，客主有不通處，張乃遙於末坐判之，言約旨遠，足暢彼我之懷，一坐皆

釋，就直接達到了玄理的最高境界。從此大家都知道了他。

張憑被舉薦為孝廉後，到京都去，他仗恃自己的才氣，認為必定能置身於當時才學名流之列。他想去拜訪劉惔，同鄉人及同時被舉薦的孝廉都笑話他。張憑於是就去拜訪劉惔，劉惔正在洗涮處理雜事，把他安排在下座，只是與他寒暄了幾句，神情之間並不把他放在眼裏。張憑想引出話題卻沒有因由。不久，長史王濛等眾名士都來清談，主客雙方產生分歧的地方，張憑就遠遠地在下座加以分析評判，言語簡要但含意深遠，足以使彼此之間的胸懷感

驚。真長延之上坐，清言彌日，因留宿至曉。張退，劉曰：「卿且去，正當取卿共詣撫軍。」張還船，同侶問何處宿，張笑而不答。須臾，真長遣傳教覓張孝廉船，同侶惋愕。即同載詣撫軍，至門，劉前進謂撫軍曰：「下官今日為公得一太常博士妙選。」既前，撫軍與之話言，咨嗟稱善，曰：「張憑勃窣（sū）為理窟。」即用為太常

到舒暢，滿座賓客都很驚訝。劉惔就請張憑到上座來坐，清談了一整天，於是又留他住宿到天亮。張憑告辭時，劉惔說：「您暫且回去，我即將邀請您同去拜見撫軍將軍（簡文帝）。」張憑回到船上，同伴們問他在哪裏住宿，張憑笑而不答。不多久，劉惔派了傳達教令的郡吏來找張憑的船，同伴們都感到歎息驚訝。張憑隨即和劉惔同乘一輛車去拜見撫軍將軍。到了門口，劉惔先進去對撫軍將軍說：「我今天為您覓得一位太常博士的極佳人選。」張憑於是上前拜見，撫軍將軍與他談話，讚歎稱好，說：「張憑才華橫溢，詞彩繽紛，堪稱義理的

博士。

支道林、許、謝盛德，共集王家，謝顧謂諸人：「今日可謂彥會。時既不可留，此集固亦難常，當共言詠，以寫其懷。」許便問主人：「有《莊子》不？」正得《漁父》一篇。謝看題，便各使四坐通。支道林先通，作七百許語，敘致精麗，才藻奇拔，眾咸稱善。於是四坐各言懷畢，謝問曰：「卿等盡

淵藪。」立即任用他為太常博士。

支遁、許詢、謝安都有美德，他們在王濛家聚會。謝安環顧四座對大家說：「今天可說是群賢聚會。時光既不可留駐，這樣的雅會本來也難以常有，大家應當一起來清談吟詠，以抒發各自的懷抱。」許詢就問主人王濛：「有《莊子》嗎？」主人拿來《莊子》正好翻到《漁父》一篇。謝安看到題目，就請四座各自闡發見解發表高論。支遁首先闡述，講了七百多言，敘述情致精細優美，才情辭藻也是秀異特出，大家都同聲稱好。於是四座之人各抒己見完畢，謝安問道：「諸位談盡與了沒有？」諸

不？」皆曰：「今日之言，少不自竭。」謝後粗難（nàn），因自敍其意，作萬餘語，才峰秀逸，既自難干，加意氣擬託，蕭然自得，四坐莫不厭心。支謂謝曰：「君一往奔詣，故復自佳耳。」

殷中軍、孫安國、王、謝能言諸賢，悉在會稽王許，殷與孫共論《易象妙於見形》，孫語道合，意氣干雲，一坐咸不安孫理，而辭

人都說：「今天所說，無不言不盡意。」謝安隨後粗略地加以駁難，並闡發了自己的意見，講了萬余言，文才俊秀奔放，既難以反駁，又加意氣風發似有寄託，顯得瀟灑自如，令滿座名士都感到心服。支遁對謝安說：「您說的話要言不煩，達到了高深的境界，所以自然佳妙無比。」

中軍將軍殷浩、孫盛（字安國）、王濛、謝尚等善於清談的眾名士，都在會稽王司馬昱處聚會。殷浩與孫盛一起談論《易象妙於見形論》這篇文章。孫盛所說與義理相結合，意氣飛揚，滿座名士雖然不同意他的觀點，但言辭

不能屈。會稽王慨然歎曰：「使真長來，故應有以制彼。」即迎真長，孫意己不如。真長既至，先令孫自敘本理，孫粗說己語，亦覺殊不及向。劉便作二百許語，辭難簡切，孫理遂屈。一坐同時拊掌而笑，稱美良久。

66 文帝嘗令東阿王七步中作詩，不成者行大法。應聲便為詩曰：「煮豆持作羹，漉（lù）菽（shū）以為汁。

上又不能使之屈服。會稽王感慨歎息道：「如果真長（劉惔，字真長）來，就應該有辦法制服他。」隨即派人去迎接劉惔，孫盛感到自己不如劉惔。劉惔到後，先讓孫盛自己敘述原來的義理。孫盛粗略地說了自己的意見，也感覺大大比不上先前所說的。劉惔於是就講了兩百多句話，言辭、駁難都簡明貼切，孫盛的理論就被擊敗了。滿座名士同時拍掌而笑，稱讚不已。

魏文帝曹丕曾經命令東阿王曹植在走七步的時間內作一首詩，如果作不出就要執行死刑。曹植應聲作詩一首：「煮豆持作羹，漉菽以為汁。萁在釜下燃，豆在釜中泣。本自同根萁（qí）在釜下燃，豆在釜中泣。本自同根生，相煎何太急！」帝深有慚色。

67 魏朝封晉文王為公，備禮九錫，文王固讓不受。公卿將校當詣府敦喻，司空鄭沖馳遣信就阮籍求文。籍時在袁孝尼家，宿醉扶起，書札為之，無所點定，乃寫付使。時人以為神筆。

68 左太沖作《三都賦》初

生，相煎何太急！」魏文帝聽了感到非常慚愧。

魏朝封司馬昭為晉公，準備頒賜給他九錫之禮。司馬昭堅決辭謝不肯接受。朝中文武百官將要到他府中去勸導。司空鄭沖派信使快馬加鞭到阮籍處求他寫一篇勸進的文章。阮籍當時在袁准（字孝尼）家，隔夜酣飲的餘醉尚未消退就被扶起來，他在木札上書寫文稿，一字不改，就寫定交給來使。當時人都認為是神來之筆。

左思（字太沖）的《三都賦》剛完成時，

成，時人互有譏訾（zǐ），思意不愜（qiè）。後示張公，張曰：「此『二京』可三，然君文未重於世，宜以經高名之士。」思乃詢求於皇甫謐（mì），謐見之嗟歎，遂為作敘。於是先相非貳者，莫不斂衽（rèn）贊述焉。

樂令善於清言，而不長於手筆。將讓河南尹，請潘岳為表。潘云：「可作耳，要當得君意。」樂為述己所以

當時人交相加以譏刺詆毀，左思心裏很不愉快。後來左思把賦拿給張華看，張華說：「此賦可與《兩都賦》、《二京賦》鼎足而三。但是現在您的文名尚未能為世人所重，應該讓享有盛名的人士加以推薦。」左思就去請教拜求皇甫謐，皇甫謐見了此賦後大為讚歎，就為賦作序。於是先前那些非議此賦的人，無不恭恭敬敬地讚美稱揚它。

樂廣善於清談，卻並不擅長寫文章。他準備辭去河南尹的官職時，便請潘岳為他來寫奏章。潘岳說：「我可以代寫，但得先知道您的意思才行。」樂廣就為他講述了自己辭官的原

為讓，標位二百許語，潘直取錯綜，便成名筆。時人咸云：「若樂不假潘之文，潘不取樂之旨，則無以成斯矣。」

庾仲初作《揚都賦》成，以呈庾亮，亮以親族之懷，大為其名價，云可三《二京》、四《三都》。於此人人競寫，都下紙為之貴。謝太傅云：「不得爾，此是屋下架屋耳，事事擬學，而不免儉狹。」

因，闡釋了兩百來言。潘岳只是把樂廣的意思加以綜合，便寫成了一篇佳作。當時人都說：「如果樂廣不借潘岳的文章，潘岳不用樂廣的意思，那就無法寫成這樣的美文了。」

庾闡（字仲初）寫成《揚都賦》後，把它呈送給庾亮看。庾亮出於同宗的情意，給予很高的評價，說簡直可以與班固的《兩都賦》、張衡的《二京賦》鼎足而三，與左思的《三都賦》並列為四。於是人人爭相抄寫，京城裏的紙價也因此貴了起來。謝安說：「並非如此！這篇文章是屋下架屋罷了，處處仿照學別人，就不免內容貧乏狹窄了。」

88 袁虎少貧，嘗為人傭載運租。謝鎮西經船行，其夜清風朗月，聞江渚（zhǔ）間估客船上有詠詩聲，甚有情致；所誦五言，又其所未嘗聞，歎美不能已。即遣委曲訊問，乃是袁自詠其所作《詠史詩》。因此相要（yāo），大相賞得。

96 桓宣武北征，袁虎時從，被責免官。會須露布文，喚袁倚馬前令作。手不

袁宏（小字虎）年輕時很窮，曾經被人雇用運送租糧。鎮西將軍謝尚乘船經過，那天夜裏清風明月，聽到江中小洲邊的商船上有吟詩聲，很有情趣，所吟誦的五言詩，又是自己從來沒有聽到過的，便讚歎不止。謝尚立即派人詳細探詢情況，原來是袁宏在吟誦自己作的《詠史詩》。於是就邀請袁宏前來，大加賞識，彼此相洽。

桓溫北征時，袁宏也跟隨出征，因事被責罰免去官職。恰巧急需寫一篇佈告，就叫袁宏靠在馬前寫。袁宏手不停筆，很快就寫好了七

輟筆，俄得七紙，殊可觀。東亭在側，極歎其才。袁虎云：「當令齒舌間得利。」

103 桓玄初並西夏，領荊、江二州、二府、一國。於時始雪，五處俱賀，五版併入。玄在聽事上，版至，即答版後，皆粲（càn）然成章，不相揉雜。

張紙，文采極其出色。東亭侯王珣在旁邊，極力讚歎他的文才。袁宏說：「也應當讓我得到一點誇獎啊。」

桓玄剛剛佔據中原西部地區時，統領荊、江二州軍事，擔任二府長官，還封有郡國。當時初降大雪，五個處所同時祝賀，五處賀箋一起送達。桓玄在廳堂上，賀箋一到，就立即在賀箋後面作答，都能辭藻華美，斐然成章，而且內容互不混雜。

方正第五

陳太丘與友期行，期日中，過中不至，太丘舍去，去後乃至。元方時年七歲，門外戲。客問元方：「尊君在不？」答曰：「待君久不至，已去。」友人便怒，曰：「非人哉！與人期行，相委而去。」元方曰：「君與家君期日中。日中不至，則是無信；對子罵父，則是無禮。」友人慚，下車引之，元方入

太丘長陳寔與友人約定時間一起出行，時間定在正午。結果過了正午友人還不來，陳寔於是不等他先走了，走了之後友人才到。當時陳寔的長子陳紀（字元方）七歲，正在門外玩耍。客人問陳紀：「令尊在家嗎？」陳紀回答道：「等了您好久也不來，他已經走了。」友人於是大怒道：「真不是人啊！與別人約定一起出行，卻丟下別人自己走了。」陳紀說：「您與我父親約定的時間是正午，到了正午不來，就是沒有信用；當着別人兒子的面罵他的父親，就是無禮。」友人感到慚愧，就下車來拉

門不顧。

2 南陽宗世林，魏武同時，而甚薄其為人，不與之交。及魏武作司空，總朝政，從容問宗曰：「可以交未？」答曰：「松柏之志猶存。」世林既以忤旨見疏，位不配德。文帝兄弟每造其門，皆獨拜床下。其見禮如此。

4 郭淮作關中都督，甚得民情，亦屢有戰庸。淮妻，太尉王凌之妹，坐凌事，當

他，陳紀頭也不回地走進門裏去了。

南陽宗承（字世林）與曹操是同時代人，但很看不起曹操的為人，不肯與曹操結交。等到曹操做了司空，總攬朝政，就從容地問宗承道：「可不可以同我結交啊？」宗承答道：「松柏的志氣還在。」宗承因為不順從曹操而被疏遠後，官位與德行不相稱。曹丕與曹植兄弟每次到他家拜訪，都會各自拜倒在他的坐榻下。他受到的禮遇就像這樣。

郭淮擔任關中都督時，深得民心，也屢立戰功。郭淮的妻子是太尉王凌的妹妹，受王凌的株連，應當一起處死。使者追捕捉拿非常急

並誅，使者徵攝甚急。淮使戎裝，克日當發。州府文武及百姓勸淮舉兵，淮不許。至期遣妻，百姓號泣追呼者數萬人。行數十里，淮乃命左右追夫人還，於是文武奔馳，如徇身首之急。既至，淮與宣帝書曰：「五子哀戀，思念其母。其母既亡，則無五子；五子若殞（yǔn），亦復無淮。」宣帝乃表特原淮妻。

迫，郭淮便讓妻子準備行裝，按限定的日期出發。州府裏的文武官員及百姓都勸郭淮起兵抗拒，郭淮不答應。到了期限，他就打發妻子上路，百姓號哭追趕呼叫的有幾萬人。走了幾十里地，郭淮才讓左右侍從把夫人追回來，於是文武官員急忙奔馳，就像去營救即將被斬首的人那樣緊急。妻子回來後，郭淮上書司馬懿說：「我的五個兒子哀痛眷戀，思念他們的母親，他們的母親如果死了，那麼五個兒子也就沒有了；五個兒子如果死了，也就不再有我郭淮了。」司馬懿看到後就上表魏帝，特赦了郭淮的妻子。

諸葛亮之次渭濱，關中震動。魏明帝深懼晉宣王戰，乃遣辛毗（pí）為軍司馬。宣王既與亮對渭而陳，亮設誘譎（jué）萬方，宣王果大忿，將欲應之以重兵。亮遣間諜覘（chān）之，還曰：「有一老夫，毅然仗黃鉞（yuè），當軍門立，軍不得出。」亮曰：「此必辛佐治也。」

諸葛靚（jìng）後入晉，除大司馬，召不起。以

諸葛亮率軍駐紮在渭水之濱，關中為之震動。魏明帝很擔心司馬懿出兵應戰，就派辛毗（字佐治）任軍師。司馬懿與諸葛亮隔着渭水對陣後，諸葛亮千方百計設計誘騙對方出戰。司馬懿果然大怒，準備用重兵來應戰。諸葛亮派間諜去探看對方的動靜。間諜回來報告說：「有一位老人，神情堅毅地手拿黃鉞，在軍營門口站立着，軍隊無法出來。」諸葛亮說：「這必定是辛佐治了。」

諸葛靚後入晉朝，官拜大司馬，他卻不肯應召。因為他與晉朝王室有殺父之仇，所以常

與晉室有仇，常背洛水而坐。與武帝有舊，帝欲見之而無由，乃請諸葛妃呼靚。既來，帝就太妃間相見。禮畢，酒酣，帝曰：「卿故復憶竹馬之好不？」靚曰：「臣不能吞炭漆身，今日復睹聖顏。」因涕泗（sì）百行。帝於是慚悔而出。

11 武帝語和嶠曰：「我欲先痛罵王武子，然後爵之。」嶠曰：「武子俊爽，恐不可

常背對洛水而坐。他與晉武帝有交情，武帝想見他又找不到什麼藉口，就請諸葛妃把諸葛靚叫來。諸葛靚來後，武帝就到太妃這裏來和他相見。見過禮後，大家暢快地飲酒，武帝說：「你還記得我們小時候的情誼嗎？」諸葛靚說：「我不能像豫讓那樣吞炭漆身為父報仇，所以今天得以再見到聖上的容顏。」說着涕淚滿面。武帝於是慚愧悔恨地走了。

武帝對和嶠說：「我要先痛罵王濟（字武子），然後再給他封爵位。」和嶠道：「王濟這人俊邁豪爽，恐怕不能使他屈服。」武帝

屈。」帝遂召武子苦責之，因曰：「知愧不？」武子曰：「尺布斗粟之謠，常為陛下恥之。它人能令疏親，臣不能使親疏，以此愧陛下！」

山公大兒著短帢（qià），車中倚。武帝欲見之，山公不敢辭，問兒，兒不肯行。時論乃云勝山公。

16 向雄為河內主簿，有公事不及雄，而太守劉淮橫怒，遂與杖遣之。雄後為黃

就召見王濟，狠狠地責罵他一通，於是問他說：「知道羞愧嗎？」王濟道：「漢代有『尺布斗粟』之謠，我常常替陛下感到恥辱！別人能叫疏遠的人親近，我卻不能使親近的人疏遠，為此我愧對陛下。」

山濤的長子戴着一頂便帽，靠在車中。武帝想見他，山濤不敢推辭，就去問兒子，兒子不肯去。當時人評論就認為兒子勝過山濤。

向雄擔任河內主簿時，有一件公事與向雄並無關涉，而太守劉淮暴怒，便處以杖責並革職遣退了他。向雄後來擔任黃門侍郎，劉淮擔

門郎，劉為侍中，初不交言。武帝聞之，敕雄復君臣之好。雄不得已，詣劉再拜曰：「向受詔而來，而君臣之義絕，何如！」於是即去。武帝聞尚不和，乃怒問雄曰：「我令卿復君臣之好，何以猶絕？」雄曰：「古之君子，進人以禮，退人以禮。今之君子，進人若將加諸膝，退人若將墜諸淵。臣於劉河內不為戎首，亦已幸甚，安復為

任侍中，兩人始終互不說話。武帝聽說此事，就命令向雄與劉淮恢復原上下級間的正常關係，向雄沒有辦法，便到劉淮那裏，再拜行禮後說：「我剛才接受皇帝的詔命而來，而原來我們之間的君臣情義已經斷絕，你認為怎麼樣？」說完就走了。武帝聽說他們還是不和，就怒問向雄說：「我命你去恢復君臣情義，為什麼還是絕交呢？」向雄說：「古代的君子，舉薦人時合乎禮儀，貶退人時也合乎禮義；現在的君子，舉薦人時像要把他放在膝上似的疼愛，貶退人時像要把他推落深淵似的仇視。我對於劉淮，不做挑起事端者，就已是很幸運的

君臣之好？」武帝從之。

17

齊王冏（jiǒng）為大司馬，輔政，嵇紹為侍中，詣冏咨事。冏設宰會，召葛旟（yú）、董艾等共論時宜。旟等白冏：「嵇侍中善於絲竹，公可令操之。」遂送樂器，紹推卻不受，冏曰：「今日共為歡，卿何卻邪？」紹曰：「公協輔皇室，令作事可法。紹雖官卑，職備常伯，操絲

了，怎麼可能再去恢復君臣情義呢？」武帝只好隨他去了。

齊王司馬冏擔任大司馬，輔佐朝政，嵇紹擔任侍中，到司馬冏那裏去請示公事。司馬冏設宴邀請僚屬來集會，召來葛旟、董艾等一起討論時事。葛旟等對司馬冏說：「嵇侍中擅長演奏絲竹管弦樂器，主公可以讓他彈奏一曲。」於是叫人送上樂器，嵇紹推辭不肯接受。司馬冏說：「今天大家同樂，您何必推辭呢？」嵇紹說：「您協助輔佐皇室，所做的事應該值得效法。我雖然官職卑微，也算忝列皇帝的近臣。彈奏音樂，原本是樂官的事，我不能身穿

比竹蓋樂官之事，不可以先王法服為伶人之業。今逼高命，不敢苟辭，當釋冠冕，襲私服，此紹之心也。」旟等不自得而退。

羊忱性甚貞烈。趙王倫為相國，忱為太傅長史，乃版以參相國軍事。使者卒（cù）至，忱深懼豫禍，不暇被馬，於是帖騎而避。使者追之，忱善射，矢左右發，使者不敢進，遂得免。

先王的官服，來做伶人的事情。現在我迫於尊者的命令，不敢隨便推辭，應當脫去官服，穿上便裝，這就是我的想法。」葛旟等自覺無趣只好退席。

羊忱的性格非常正直剛烈。趙王司馬倫做相國時，羊忱擔任太傅長史，於是下版詔授予羊忱參相國軍事之職。使者突然來了，羊忱深怕受禍害牽連，來不及給馬加上鞍勒，就騎上沒有鞍勒的馬逃避。使者追他，羊忱善於射箭，就忽左忽右地放箭，使者不敢迫近，羊忱這才得以脫身。

23

元皇帝既登阼，以鄭后之寵，欲舍明帝而立簡文。時議者咸謂舍長立少，既於理非倫，且明帝以聰亮英斷，益宜為儲副。周、王諸公並苦爭懇切，唯刁玄亮獨欲奉少主以阿帝旨。元帝便欲施行，慮諸公不奉詔，於是先喚周侯、丞相入，然後欲出詔付刁。周、王既入，始至階頭，帝逆遣傳詔遏（è）使就東廂。周侯未悟，即卻

晉元帝登上帝位後，因為寵愛鄭后，所以想廢掉長子司馬紹改立司馬昱。當時議論者都認為捨棄長子改立幼子，既在道理上不合倫常，並且司馬紹聰明果斷，更適宜立為太子。周顗、王導等諸位大臣，都竭力懇切地相爭。只有刁協（字玄亮）一人想擁戴幼主，以迎合元帝的心意。元帝於是想實施這個行動，又怕諸位大臣不肯接受詔令，就先叫周顗、王導入朝，然後準備拿出詔書交給刁協。周顗、王導進來後，剛走到台階前，元帝預先派遣傳詔者阻止他們上殿，讓他們先到東廂房去。周顗尚未醒悟過來，就倒退着下了台階。王導則用手

略下階；丞相披撥傳詔，徑至御床前，曰：「不審陛下何以見臣？」帝默然無言，乃探懷中黃紙詔裂擲之。由此皇儲始定。周侯方慨然愧歎曰：「我常自言勝茂弘，今始知不如也！」

34

蘇峻既至石頭，百僚奔散，唯侍中鍾雅獨在帝側。或謂鍾曰：「見可而進，知難而退，古之道也。君性亮直，必不容於寇仇，何不用

撥開傳詔者，徑直走到皇帝坐榻前說：「不知道陛下為什麼召見臣下？」元帝默然無言，就從懷裏拿出黃色詔書來撕碎扔掉它。從此太子人選才確定下來。周顗這才感慨慚愧地歎道：「我常自認為勝過王導（字茂弘），現在才知道不如他啊！」

蘇峻的叛軍到了石頭城後，朝中百官都逃散了，只有侍中鍾雅一個人隨侍在成帝身旁。有人對鍾雅說：「要見可而進，知難而退，這是自古以來的道理。您生性誠實正直，必定不能為仇敵寬容，何不隨機應變，坐等叛軍的敗

隨時之宜，而坐待其弊邪？」鍾曰：「國亂不能匡，君危不能濟，而各遜遁以求免，吾懼董狐將執簡而進矣。」

42 江僕射年少，王丞相呼與共棋。王手嘗不如兩道許，而欲敵道戲，試以觀之。江不即下。王曰：「君何以不行？」江曰：「恐不得爾。」傍有客曰：「此年少戲乃不惡。」王徐舉首曰：「此年少，非唯圍棋見勝。」

亡呢？」鍾雅說：「國家混亂不能匡扶，君主危急不能救助，卻各自退避以求免禍，我怕史官董狐就要拿竹簡前來記載了！」

僕射江虨年輕時，丞相王導叫他一起下棋。王導的棋藝原本比江虨差兩子左右，而這次他想與對方對等下棋，想試試結果怎麼樣。江虨沒有立即下子。王導說：「你為什麼不走棋？」江虨說：「恐怕不能這樣。」旁邊有位賓客說：「這位年輕人的棋藝不錯。」王導慢慢地抬頭說：「這位年輕人不只是以圍棋見長而已。」

51 劉真長、王仲祖共行，日旰（gàn）未食。有相識小人貽其餐，肴案甚盛，真長辭焉。仲祖曰：「聊以充虛，何苦辭？」真長曰：「小人都不可與作緣。」

52 王子敬數歲時，嘗看諸門生樗（chū）蒱，見有勝負，因曰：「南風不競。」門生輩輕其小兒，乃曰：「此郎亦管中窺豹，時見一斑。」子敬瞋目曰：「遠慚荀奉倩，近愧劉真長。」遂拂衣而去。

劉惔（字真長）、王濛（字仲祖）一同出行，到天晚了還沒有吃飯。有個認識的小人送給他們飯食，菜肴很豐盛，劉惔推辭不吃。王濛說：「暫且用來充飢，何必推辭！」劉惔說：「小人全都不可以與他們打交道。」

王獻之（字子敬）才幾歲時，曾看門人們玩樗蒲賭博，見到有勝有負，就說：「南風不競。」門人們輕視他是個小孩子，便說：「這位小郎也只是以管窺豹，有時看到一點斑紋罷了。」王獻之瞪大眼睛說：「遠一點的人我只比不上荀奉倩，近一點的人我只比不上劉真長！」說完就一甩袖子走了。

雅量第六

1 豫章太守顧劭，是雍之子。劭在郡卒。雍盛集僚屬自圍棊。外啟信至，而無兒書，雖神氣不變，而心了其故，以爪掐掌，血流沾褥。賓客既散，方歎曰：「已無延陵之高，豈可有喪明之責！」於是豁情散哀，顏色自若。

2 嵇中散臨刑東市，神色不變，索琴彈之，奏《廣陵

豫章太守顧劭是顧雍的兒子。顧劭死於郡守的任上。顧雍正大請同僚部屬聚會，自己在下圍棋。外面稟報信使來了，卻沒有兒子的信，顧雍雖然神色不變，但心裏已明白其中的原因了，他用指甲掐自己的手掌，掐得血流到了坐墊上。等到賓客都散去後，他才歎息道：「我已經沒有季札那樣的高尚曠達了，難道可以再受子夏失明那樣的責備嗎？」於是排除悲痛和哀傷的心情，神色變得坦然自如。

中散大夫嵇康將在東市被執行死刑，神色不變。他要來琴，彈了一曲《廣陵散》。彈完

散》。曲終，曰：「袁孝尼嘗請學此散，吾靳（jìn）固不與，《廣陵散》於今絕矣！」太學生三千人上書，請以為師，不許。文王亦尋悔焉。

4 王戎七歲，嘗與諸小兒遊。看道邊李樹，多子折枝，諸兒競走取之，唯戎不動。人問之，答曰：「樹在道邊而多子，此必苦李。」取之信然。

8 王夷甫嘗屬（zhǔ）族人

後說：「袁准曾經請求跟我學奏此曲，當時我捨不得，便堅持拒絕了，《廣陵散》從此要絕響了！」太學生三千人向朝廷上書，請求拜嵇康為師，不被准許。不久司馬昭也感到後悔了。

王戎七歲的時候，曾經與很多小孩子遊玩。他們看到路邊的李樹上長滿了李子，把樹枝都要壓彎了。孩子們都搶着跑過去摘李子，只有王戎一個人站着不動。有人問他，他答道：「李樹在路邊卻有這麼多李子，說明這必定是苦李。」摘下李子來嘗，果真是這樣。

王衍（字夷甫）曾經囑託族人辦事，過

事，經時未行。遇於一處飲燕，因語之曰：「近屬尊事，那得不行？」族人大怒，便舉樏（lěi）擲其面。夷甫都無言，盥洗畢，牽王丞相臂，與共載去。在車中照鏡，語丞相曰：「汝看我眼光，乃出牛背上。」

9 裴遐在周馥所，馥設主人。遐與人圍棋，馥司馬行酒，遐正戲，不時為飲，司馬恚（huì），因曳遐墜地。

了好久也沒有辦。後來在一處宴會上喝酒時相遇，就對那位族人說：「前些日子託付您辦事，怎麼沒有辦啊？」族人聽了大怒，便拿起食盒來扔到他的臉上。王衍一言不發，盥洗乾淨後，拉着丞相王導的手臂，和他一起坐車離去。在車子裏王衍照着鏡子對王導說：「你看我的眼光，竟超出牛背之上。」

裴遐在周馥家中，周馥設宴當東道主。裴遐與人下圍棋，周馥的司馬依次給客人斟酒勸飲。裴遐正忙於下棋，沒有及時喝酒。這位司馬很惱怒，便把裴遐拉倒在地。裴遐回到座位遐還坐，舉止如常，顏色不變，復戲如故。王夷甫問遐：「當時何得顏色不異？」答曰：「直是暗當故耳！」

13 劉慶孫在太傅府，于時人士多為所構，唯庾子嵩縱心事外，無跡可間。後以其性儉家富，說（shuì）太傅令換千萬，冀其有吝，於此可乘。太傅於眾坐中問庾，庾時頹然已醉，幘（zé）墮几上，以頭就穿取。徐答云：

上，舉動如常，神色不變，還是像原先一樣下棋。王衍問裴遐：「你當時怎麼能做到神色一點兒也不變呢？」裴遐答道：「他只是愚昧無知才會如此罷了！」

劉璵（字慶孫）在太傅府上任職，當時有很多人士被他設計陷害。只有庾敳（字子嵩）一人放縱心意在世事之外，所以沒有什麼空子可以利用。後來劉璵因為庾生性儉省而家裏又很富有，就勸說太傅向庾借錢一千萬，希望他吝嗇不借，由此找到可乘之機。太傅於眾人在座時問庾，庾當時已經喝得酩酊大醉，頭巾掉在几案上，便用頭湊上去戴，緩緩地回答說：

「下官家故可有兩娑千萬，隨公所取。」於是乃服。後有人向庾道此，庾曰：「可謂以小人之慮，度君子之心。」

18 褚公於章安令遷太尉記室參軍，名字已顯而位微，人未多識。公東出，乘估客船，送故吏數人，投錢唐亭住。爾時，吳興沈充為縣令，當送客過浙江，客出，亭吏驅公移牛屋下。潮水至，沈令起彷徨，問：「牛屋

「我家裏原有個兩三千萬，隨便您拿去就是。」這時劉璵才真的服了。後來有人向庾敳說到這件事，庾敳說：「這就是所謂以小人之心，度君子之腹。」

褚裒（字季野）由章安縣令升為太尉的記室參軍，他的名聲已很大但官位還低，人們大多不認識他。當時他向東出發，乘的是商販船，送行的幾位屬吏與他一起投宿在錢塘驛亭。這時候吳興人沈充擔任縣令，正值他送客過錢塘江，客人到了，亭吏就把褚裒趕出來移到牛屋裏住。夜裏潮水湧來，縣令起床徘徊，問：「牛屋裏是什麼人？」亭吏說：「昨天有一

下是何物人？」吏云：「昨有一傖（cāng）父來寄亭中，有尊貴客，權移之。」令有酒色，因遙問：「傖父欲食䴵（bǐng）不？姓何等？可共語。」褚因舉手答曰：「河南褚季野。」遠近久承公名，令於是大遽，不敢移公，便於牛屋下修刺詣公，更宰殺為饌具，於公前鞭撻亭吏，欲以謝慚。公與之酌宴，言色無異，狀如不覺。令送公

個北方佬來亭中寄宿，因有尊貴的客人來了，暫時把他移到牛屋裏。」縣令有了幾分醉意，便遠遠地問：「北方佬要吃餅嗎？姓什麼？可以過來一起說說話。」褚裒就舉手答道：「河南褚季野。」遠近的人久聞褚裒的大名，縣令這時大為驚慌，不敢勞駕褚裒移步，便在牛屋下寫好名帖去拜見褚裒，並且宰殺禽畜重新置辦酒食，在褚裒面前鞭打亭吏，想借此表示慚愧之意。褚裒和他一起喝酒吃飯，言談神色沒有什麼異樣，仿佛毫無察覺似的。沈充後來把褚裒一直送到了縣界。

至界。

19 郗（xī）太傅在京口，遣門生與王丞相書，求女婿。丞相語郗信：「君往東廂，任意選之。」門生歸白郗曰：「王家諸郎亦皆可嘉，聞來覓婿，咸自矜持。唯有一郎在東床上袒腹臥，如不聞。」郗公云：「正此好！」訪之，乃是逸少，因嫁女與焉。

28 謝太傅盤桓東山時，與孫興公諸人泛海戲。風起

太傅郗鑒在京口時，派門生送信給王導，想在王家子侄中找一位女婿。王導對郗鑒的信使說：「你到東廂房去，任意挑選一位。」這位門生回去向郗鑒報告說：「王家諸位郎君都值得稱道，他們聽說來挑女婿，都顯得很莊重拘謹。只有一位郎君，在東面的坐榻上袒胸露腹地躺着，好像什麼都沒聽見。」郗鑒說：「恰恰是這一位好！」再去打聽，原來是王羲之，於是郗鑒就把女兒嫁給他了。

太傅謝安隱居在東山時，與孫綽等人乘船到海上遊玩。海面上風起浪湧，孫綽、王羲之

浪湧，孫、王諸人色並遽，便唱使還。太傅神情方王（wàng），吟嘯不言。舟人以公貌閑意說，猶去不止。既風轉急，浪猛，諸人皆喧動不坐。公徐曰：「如此將無歸？」眾人即承響而回。於是審其量，足以鎮安朝野。

35 謝公與人圍棋，俄而謝玄淮上信至，看書竟，默然無言，徐向局。客問淮上利害，答曰：「小兒輩大破賊。」

等人的神色全都驚懼不已，就高呼讓船開回去。謝安卻興致正高，吟詩嘯呼，不予回答。船夫因為謝安面色閒靜，意態愉悅，就仍然向前行駛。轉瞬間風勢更急，浪頭更猛，船上人都大喊大叫坐不住了。謝安平靜地說：「這樣的話是不是就回去呢？」大家即刻應聲安定下來回去了。從這件事可知謝安的氣量，足以震懾安定朝野上下。

謝安和人下圍棋，不一會兒謝玄從淮河前線派來的信使到了。謝安看完來信後，默默地不說話，緩緩地轉向棋局。客人問他淮上勝負消息，謝安答道：「小孩子們大破賊軍。」說意色舉止，不異於常。

39 王東亭為桓宣武主簿，既承藉，有美譽，公甚敬其人地，為一府之望。初見謝失儀，而神色自若，坐上賓客即相貶笑，公曰：「不然。觀其情貌，必自不凡，吾當試之。」後因月朝閣下伏，公於內走馬直出突之，左右皆宕（dàng）仆，而王不動。名價於是大重，咸云「是公輔器也」。

話時的神態舉動，與平常時候沒有一點不同。

王珣（字東亭）擔任桓溫的主簿，他憑藉祖上的名位，已經擁有很好的名聲，桓溫對他的才學與門第非常敬重，他也成為整個大司馬府上眾望所歸的人物。王珣初見桓溫時有失答謝禮儀，但他神色坦然自如。座上的賓客隨即貶抑嘲笑他。桓溫說：「並非如此。看他的神態面貌，必定不是尋常之人。我要試試他。」後來趁着初一屬吏朝見拜伏在官署閣下之時，桓溫從官署內騎馬直沖出來，左右其他人都驚慌失措跌倒在地，而王珣則不為所動。於是他的名聲得到很大的提高，人們都說：「他是具有三公丞相才幹的人才。」

識鑒第七

1 曹公少時見喬玄，玄謂曰：「天下方亂，群雄虎爭，撥而理之，非君乎？然君實是亂世之英雄，治世之奸賊。恨吾老矣，不見君富貴，當以子孫相累。」

2 曹公問裴潛曰：「卿昔與劉備共在荊州，卿以備才如何？」潛曰：「使居中國，能亂人，不能為治；若乘邊守險，足為一方之主。」

曹操年輕時去見喬玄，喬玄對他說：「天下正在動盪不安，各路英雄如虎相爭，整頓治理天下，不是就是您嗎？但是您實在是亂世的英雄，治世的奸賊。遺憾的是我已老了，看不到您富貴發達了，只有把子孫交給您照顧了。」

曹操問裴潛道：「您當初與劉備都在荊州，您認為劉備的才能怎麼樣？」裴潛說：「如果讓他佔有中原地區，會把人心攪亂，不能治理天下；如果讓他駐守邊境扼守險要，那麼他就能成為一方的霸主。」

3

何晏、鄧颺、夏侯玄並求傅嘏（gǔ）交，而嘏終不許。諸人乃因荀粲說合之，謂嘏曰：「夏侯太初一時之傑士，虛心於子，而卿意懷不可交。合則好成，不合則致隙。二賢若穆，則國之休。此藺相如所以下廉頗也。」傅曰：「夏侯太初志大心勞，能合虛譽，誠所謂利口覆國之人。何晏、鄧颺有為而躁，博而寡要，外好利而內

何晏、鄧颺、夏侯玄（字太初）都希望與傅嘏結交，而傅嘏始終不答應。幾個人就通過荀粲來撮合，荀粲對傅嘏說：「夏侯太初是當代傑出之士，他對您一心嚮往，而您心中卻不願意和他交往。互相交好能成大事，不能交好就會造成隔閡，兩位賢者如能和睦相處，就是國家之福。這也就是藺相如為什麼避讓廉頗的原因。」傅嘏說：「夏侯太初志向遠大費盡心思，能夠聚集虛名於一身，真是古人說的能言巧辯足以導致國家敗亡的人。何晏、鄧颺有作為卻很浮躁，學識雖廣博卻不得要領，對外愛好錢財而內心卻毫不檢點，看重意見相同的人

無關籥（yuè），貴同惡異，多言而妒前。多言多釁，妒前無親。以吾觀之，此三賢者皆敗德之人爾，遠之猶恐罹（lí）禍，況可親之邪？」後皆如其言。

晉武帝講武於宣武場。帝欲偃（yǎn）武修文，親自臨幸，悉召群臣。山公謂不宜爾。因與諸尚書言孫、吳用兵本意，遂究論，舉坐無不咨嗟，皆曰：「山少傅乃天

而厭惡意見不同者，喜歡虛談而妒忌超過自己的人。言多必失，招來嫌隙，妒忌超過自己的人必定無人親近。照我看來，這三位所謂的賢者都是敗壞道德的人。即便疏遠他們還怕會遭到連累，何況去親近他們呢？」後來他們三人的結局都與傅嘏說的一樣。

晉武帝在宣武場上講論武事。他想停息武備，振興文教，故親自蒞臨，把群臣全都召集起來。山濤認為不適宜這麼做，便與各位尚書談論孫武、吳起用兵的本意，於是加以推究論述，滿座的人聽後沒有不讚歎的，說：「山濤所說是天下的至理名言。」後來分封到各地

下名言。」後諸王驕汰，輕遘（góu）禍難，於是寇盜處處蟻合，郡國多以無備，不能制服，遂漸熾盛。皆如公言。時人以謂「山濤不學孫、吳，而暗與之理會」。王夷甫亦歎云：「公暗與道合。」

10 張季鷹辟齊王東曹掾，在洛，見秋風起，因思吳中菰（gū）菜羹、鱸魚膾（kuài），曰：「人生貴得適意爾，何能羈（jī）宦數千里以

的諸侯過於驕縱，輕易地釀成禍亂災難，於是盜賊四處蜂起，各地郡縣封國多數因為沒有武備，不能予以制服，叛亂勢力於是逐漸強大起來。一切都像山濤所說的那樣。當時人認為山濤雖然不學孫子、吳起的兵法，但他的見解卻與孫、吳兵法相吻合。王衍也感歎道：「山公的看法與大道暗合。」

張翰（字季鷹）被任命為齊王的東曹掾，在洛陽，看到秋風吹起，因而思念家鄉吳地的茭白羹和鱸魚膾，說：「人生可貴的是使自己可以隨心所欲，怎能為了求得功名而在數千里外做官呢？」於是他就命人駕車回鄉。不久齊

要（yāo）名爵？」遂命駕便歸。俄而齊王敗，時人皆謂為見機。

15 王大將軍既亡，王應欲投世儒，世儒為江州；王含欲投王舒，舒為荊州。含語應曰：「大將軍平素與江州云何，而汝欲歸之？」應曰：「此乃所以宜往也。江州當人強盛時，能抗同異，此非常人所行。及睹衰厄，必興湣（mǐn）惻。荊州守文，豈

王兵敗被殺，當時人都說他有先見之明。

王敦病死之後，王應想投奔王彬，王彬當時擔任江州刺史。王含想投奔王舒，王舒當時擔任荊州刺史。王含對王應說：「大將軍王敦一向與江州關係不怎麼樣，而你卻想歸附於他？」王應說：「這正是應當去的原因。王彬正當人家強盛的時候，能直言不諱地提出不同意見，這不是一般常人所能做到的。等看見人家衰敗困厄時，必定生出惻隱之心。王舒遵守成法，怎麼能做出意料之外的事情呢？」王含不聽他的

能作意表行事！」含不從，遂共投舒，舒果沉含父子於江。彬聞應當來，密具船以待之，竟不得來，深以為恨。

20 桓公將伐蜀，在事諸賢，咸以李勢在蜀既久，承藉累葉，且形據上流，三峽未易可克。唯劉尹云：「伊必能克蜀。觀其蒱博，不必得則不為。」

22 郗超與謝玄不善。苻（fú）堅將問晉鼎，既已狼

話，於是一起投奔王舒，王舒果然把王含父子沉於長江。王彬聽說王應要來，就秘密地準備船隻等待他們，最後卻沒能來，他為此深感遺憾。

桓溫準備攻打成漢，朝廷的大臣們都認為李勢在蜀地經營很久了，憑藉祖宗幾代的基業，而且地形上佔據着長江上游，三峽地區不能輕易攻克。只有劉惔說：「他必定能攻克蜀地。看他賭博就知道，不是必勝的就不去做。」

郗超與謝玄關係不好。苻堅準備攻打東晉，他已經像狼似的吞併了梁、岐一帶，又虎

噬（shì）梁、岐（qí），又虎視淮陰矣。於時朝議遣玄北討，人間頗有異同之論。唯超曰：「是必濟事。吾昔嘗與共在桓宣武府，見使才皆盡，雖履（lǚ）屐（jī）之間，亦得其任。以此推之，容必能立勳。」元功既舉，時人咸歎超之先覺，又重其不以愛憎匿善。

28 王忱死，西鎮未定，朝貴人人有望。時殷仲堪在門

視眈眈地想攫取淮陰地區。這時朝廷決定派遣謝玄領軍北伐，人們對此頗有不同看法，只有郗超說：「他必定能成功。我過去曾經與他一起在桓溫的幕府共事，看他用人時都能人盡其才，即使遇到極細小的事，也都能處理得當。由此推斷，他必定能建立功勳。」大功告成後，當時人都讚歎郗超的先見之明，又敬重他不以自己的好惡來掩蓋他人的長處。

王忱死後，荊州刺史的人選尚未確定，朝中大臣人人都有染指的想法。當時殷仲堪在門

下，雖居機要，資名輕小，人情未以方嶽相許。晉孝武欲拔親近腹心，遂以殷為荊州。事定，詔未出。王珣問殷曰：「陝西何故未有處分？」殷曰：「已有人。」王歷問公卿，咸云：「非。」王自計才地，必應任己。復問：「非我邪？」殷曰：「亦似非。」其夜，詔出用殷。王語所親曰：「豈有黃門郎而受如此任！仲堪此舉，乃是國之亡徵。」

下省任職，雖然位居機密要務，但是他資歷淺名望低，人們都不認為他能擔任一方長官的要職。晉孝武帝想提拔自己的心腹，便用殷仲堪擔任荊州刺史。事情確定後，詔書尚未發出。王珣問殷仲堪：「荊州的事為什麼沒有處置？」殷仲堪說：「已經有人選了。」王珣一個個地舉出公卿的名字來問，殷仲堪都說「不是」。王珣自己估計無論才能與門第，必定應當是自己。便再問：「莫非是我嗎？」殷仲堪說：「也不是。」這天晚上，詔書發出任用的是殷仲堪。王珣告訴親信說：「哪有黃門侍郎能得到如此重任？任命殷仲堪的舉動，是亡國的徵兆。」

賞譽第八

17

王汝南既除所生服，遂停墓所。兄子濟每來拜墓，略不過叔，叔亦不候。濟脫時過，止寒溫而已。後聊試問近事，答對甚有音辭，出濟意外，濟極惋愕。仍與語，轉造精微。濟先略無子侄之敬，既聞其言，不覺懍（lǐn）然，心形俱肅。遂留共語，彌日累夜。濟雖俊爽，自視缺然，乃喟（kuì）然歎

汝南內史王湛脫去喪服後，就留住在墓旁。他兄長的兒子王濟每次來墓地祭拜，都不來探望叔叔，叔叔也不去問候他。王濟偶爾來探望一次，也只是寒暄幾句而已。後來王濟姑且試問近來發生的事，王湛答對的言辭很有意味，出乎王濟意料之外，王濟極為驚訝。接着繼續談論，逐漸進入精細微妙之境。王濟先前完全沒有子侄對長輩的敬意，聽了王湛的談論後，不覺肅然起敬，從內心到外表都嚴肅起來。於是便留下來同王湛一起談論，夜以繼日。王濟雖然才高俊邁性格爽朗，但比起王湛

曰：「家有名士，三十年而不知！」濟去，叔送至門。濟從騎有一馬，絕難乘，少能騎者。濟聊問叔：「好騎乘不？」曰：「亦好爾。」濟又使騎難乘馬。叔姿形既妙，回策如縈，名騎無以過之。濟益歎其難測，非復一事。既還，渾問濟：「何以暫行累日？」濟曰：「始得一叔。」渾問其故，濟具歎述如此。渾曰：「何如我？」濟曰：

來也自覺有所欠缺，便喟然長歎道：「我們家裏就有名士，卻三十年來都不知道！」王濟告辭離去時，叔叔送他到門口。王濟隨從中有一匹馬，極難駕馭，很少有人能騎它。王濟姑且問叔叔：「喜歡騎馬嗎？」王湛說：「也喜歡騎的。」王濟便讓他騎這匹難騎的馬。叔叔不僅騎馬的姿態絕妙，揮起馬鞭來盤旋縈回，就是著名的騎手也不能超過他。王濟更加感歎他高深莫測，不只一件事情如此。王濟回家後，父親王渾問他：「怎麼一下子出去了好幾天？」王濟說：「我剛才得到了一位叔叔。」王渾問其中的原因，王濟便原原本本講了情況。王渾

「濟以上人。」武帝每見濟，輒以湛調之，曰：「卿家癡叔死未？」濟常無以答。既而得叔後，武帝又問如前。濟曰：「臣叔不癡。」稱其實美。帝曰：「誰比？」濟曰：「山濤以下，魏舒以上。」於是顯名，年二十八始宦。

51 王敦為大將軍，鎮豫章，衛玠避亂，從洛投敦。相見欣然，談話彌日。于時謝鯤（kūn）為長史，敦謂鯤曰：

說：「與我比怎麼樣？」王濟說：「是在我以上的人。」過去晉武帝每次見到王濟，總拿王湛來取笑他說：「你家的呆叔叔死了沒有？」王濟常常無言答對。了解了叔叔以後，武帝又像以前那樣問他，王濟說：「臣下的叔叔不呆。」他稱讚叔叔確實很優秀。武帝說：「可以與誰比較？」王濟說：「在山濤以下，魏舒以上。」王湛從此名聲遠揚，二十八歲時開始出山做官。

王敦擔任大將軍時，鎮守在豫章。衛玠為躲避戰亂，從洛陽投奔王敦。兩人見面後很高興，談了一整天的話。這時謝鯤在王敦幕府任長史，王敦對謝鯤說：「想不到在永嘉年間，

「不意永嘉之中，復聞正始之音。阿平若在，當復絕倒。」

62 王藍田為人晚成，時人乃謂之癡。王丞相以其東海子，辟為掾。常集聚，王公每發言，眾人競贊之。述於末坐曰：「主非堯、舜，何得事事皆是？」丞相甚相歎賞。

114 初，法汰北來，未知名，王領軍供養之。每與周旋行來，往名勝許，輒與俱。不得汰，便停車不行。

又能聽到玄言清談的正始之音。阿平（王澄，字平子）如果在座，必定又要為之傾倒了。」

藍田侯王述為人大器晚成，當時人甚至認為他是呆子。王導因為他是東海太守的兒子，徵召他為屬官。大家曾經聚集在一起，王導每次發言，大家都競相讚美他。坐在末座的王述說：「主公不是堯、舜，怎麼可能事事都是對的呢？」王導對他的話非常讚賞。

當初，竺法汰從北方來，沒有什麼名氣，領軍王洽供養他。王洽常常與他應酬交往，到名流處去，總要帶他一起去。法汰不能去，王洽就停下車來不走。因此法汰的名因此名遂重。

謝公領中書監，王東亭有事，應同上省。王後至，坐促，王、謝雖不通，太傅猶斂膝容之。王神意閑暢，謝公傾目。還謂劉夫人曰：「向見阿瓜，故自未易有，雖不相關，正自使人不能已已。」

望就開始高了。

謝安兼任中書監，東亭侯王珣（小名阿瓜）有事，照例應當與謝安一同去中書省。王珣後到，座位窄小擁擠，王、謝兩家雖然互不通問，謝安還是收攏雙膝容納王珣同坐。王珣神態閒適舒暢，謝安注目看他。回到家謝安對劉夫人說：「剛才見到阿瓜，確實是難得的人才，我們之間雖然沒有姻親關係了，真是讓人不能割捨啊。」

品藻第九

2 龐士元至吳，吳人並友之，見陸績、顧劭、全琮，而為之目曰：「陸子所謂駑馬有逸足之用，顧子所謂駑牛可以負重致遠。」或問：「如所目，陸為勝邪？」曰：「駑馬雖精速，能致一人耳。駑牛一日行百里，所致豈一人哉？」吳人無以難。「全子好聲名，似汝南樊子昭。」

龐統到了吳地，吳地人都來和他結交。他看到陸績、顧劭、全琮，就對他們加以評論說：「陸子是所謂的劣馬可以疾行快跑，顧子是所謂的笨牛可以負重遠行。」有人問：「如你所評論的，陸績更勝一籌嗎？」他說：「劣馬比起笨牛來雖然速度很快，但只能承載一人而已。笨牛一天能行百里，但所承載的又豈一個人呢？」吳人無話可以反駁。龐統接着又說：「全子看重名聲，好像汝南的樊子昭。」

4 諸葛瑾、弟亮及從弟

諸葛瑾與弟弟諸葛亮以及族弟諸葛誕，都

誕，並有盛名，各在一國。于時以為蜀得其龍，吳得其虎，魏得其狗。誕在魏，與夏侯玄齊名。瑾在吳，吳朝服其弘量。

14 明帝問周伯仁：「卿自謂何如郗鑒？」周曰：「鑒方臣，如有功夫。」復問郗，郗曰：「周顗比臣，有國士門風。」

52 有人問謝安石、王坦之優劣於桓公。桓公停欲言，

享有盛名，各自在一國任職。當時人認為蜀國得到其中的龍，吳國得到其中的虎，魏國得到其中的狗。諸葛誕在魏國，與夏侯玄齊名；諸葛瑾在吳國，吳國滿朝都佩服他宏大的器量。

晉明帝問周顗（字伯仁）：「你自己認為和郗鑒比怎麼樣？」周顗說：「郗鑒和我比，好像更有修養。」明帝再問郗鑒，郗鑒說：「周顗和我相比，更有國士風度。」

有人問桓溫謝安（字安石）和王坦之兩人的優劣。桓溫正想說，又後悔道：「你喜歡傳

中悔曰：「卿喜傳人語，不能復語卿。」

74 王黃門兄弟三人俱詣謝公，子猷、子重多說俗事，子敬寒溫而已。既出，坐客問謝公：「向三賢孰愈？」謝公曰：「小者最勝。」客曰：「何以知之？」謝公曰：「吉人之辭寡，躁人之辭多。推此知之。」

86 桓玄為太傅，大會，朝臣畢集。坐裁竟，問王楨之

播別人的話，我不能再對你說了。」

黃門侍郎王徽之兄弟三人一起去拜訪謝安，王徽之（字子猷）、王操之（字子重）多說世俗的事，王獻之（字子敬）只是寒暄幾句而已。他們辭別出去後，在座的賓客問謝安：「剛才離去的三位賢人中哪一位最好？」謝安說：「小的那位最好。」賓客說：「怎麼知道他最好？」謝安說：「美善之人的言辭少而精，浮躁之人的言辭多而雜。由此推斷而知。」

桓玄擔任太尉時，大會賓客，朝中大臣都前來赴會。剛剛坐定，桓玄問王楨之說：「我

曰：「我何如卿第七叔？」于時賓客為之咽（yè）氣。王徐徐答曰：「亡叔是一時之標，公是千載之英。」一坐歡然。

和你七叔（王獻之）比怎麼樣？」這時賓客們都為王楨之緊張得屏住了氣。王楨之從容不迫地回答道：「我亡叔是一時的典範，桓公則是千載難遇的英豪。」滿座賓客為之歡悅。

規箴第十

1

漢武帝乳母嘗於外犯事，帝欲申憲，乳母求救東方朔。朔曰：「此非脣舌所爭，爾必望濟者，將去時，但當屢顧帝，慎勿言，此或可萬一冀耳。」乳母既至，朔亦侍側，因謂曰：「汝癡耳！帝豈復憶汝乳哺時恩邪？」帝雖才雄心忍，亦深有情戀，乃淒然愍之，即敕免罪。

漢武帝的乳母曾經在外犯了法，武帝想要依法懲辦，乳母向東方朔求救。東方朔說：「這不是靠言辭所能夠爭辯的，你一定想要得到救助的話，就在將離開時，只要頻頻回頭看皇上，千萬不要說話，這樣或許有萬一的希望。」乳母來見武帝告別時，東方朔也在武帝身邊侍立，於是就對乳母說：「你真愚笨啊！皇帝哪裏再能回想起你給他哺乳的恩情呢？」武帝雖然才能出眾心狠手辣，但對乳母也深有情感，於是悲傷憐憫她，隨即敕令赦免了她的罪。

2 京房與漢元帝共論，因問帝：「幽、厲之君何以亡？所任何人？」答曰：「其任人不忠。」房曰：「知不忠而任之，何邪？」曰：「亡國之君各賢其臣，豈知不忠而任之？」房稽（qǐ）首曰：「將恐今之視古，亦猶後之視今也。」

5 孫皓問丞相陸凱曰：「卿一宗在朝有幾人？」陸曰：「二相、五侯、將軍十餘

京房與漢元帝一起談論，於是就問元帝：「周幽王、周厲王這樣的國君為什麼會亡國？他們所任用的都是什麼人？」元帝答道：「他們任用的人不忠。」京房說：「知道不忠還要任用他們，是為什麼呢？」元帝說：「亡國之君各自認為他們的臣子是賢能的，哪裏知道他們不忠還會去任用他們呢？」京房跪拜叩頭說：「恐怕我們今人看古人，也就像後人看今人一樣呢。」

孫皓問丞相陸凱：「你們家族在朝廷當官的有幾個人？」陸凱說：「兩個丞相、五個侯爵，十多個將軍。」孫皓說：「真興旺啊！」

人。」皓曰：「盛哉！」陸曰：「君賢臣忠，國之盛也；父慈子孝，家之盛也。今政荒民弊，覆亡是懼，臣何敢言盛！」

陸凱說：「國君賢明，臣下忠誠，這是國家興旺的景象；父母慈愛，兒子孝順，這是家庭興旺的景象。如今政務荒廢民眾疲困，恐怕國家要滅亡，我怎麼敢說興旺呢！」

7

晉武帝既不悟太子之愚，必有傳後意，諸名臣亦多獻直言。帝嘗在陵雲台上坐，衛瓘（guàn）在側，欲申其懷，因如醉，跪帝前，以手撫床曰：「此坐可惜！」帝雖悟，因笑曰：「公醉邪？」

晉武帝對太子的愚癡既然沒有醒悟，有一定要將帝位傳給他的意思，諸位名臣也多直言進諫。武帝曾坐在陵雲台上，衛瓘陪在旁邊，想要申說自己的心意，便裝作喝醉跪在武帝前，用手撫摸武帝的坐榻說：「這個座位多麼可惜啊！」武帝雖然明白他的意思，卻笑着說：「你喝醉了嗎？」

9 王夷甫雅尚玄遠，常嫉其婦貪濁，口未嘗言「錢」字。婦欲試之，令婢以錢繞床，不得行。夷甫晨起，見錢閡（hé）行，呼婢曰：「舉卻阿堵物！」

12 謝鯤為豫章太守，從大將軍下至石頭。敦謂鯤曰：「余不得復為盛德之事矣！」鯤曰：「何為其然？但使自今已後，日亡日去耳。」敦又稱疾不朝，鯤諭敦曰：「近者

王衍（字夷甫）向來崇尚玄妙超脫，常常厭惡他妻子的貪婪世俗，口中從來不說「錢」字。妻子想試探他，便命婢女用錢圍繞在床邊，讓他無法下床行走，王衍早晨起床，看見錢阻礙他走路，就叫來婢女說：「拿掉這個東西！」

謝鯤擔任豫章太守，隨從大將軍王敦沿江東下到石頭城。王敦對謝鯤說：「我不可能再為皇上效命了！」謝鯤說：「為什麼會這樣呢？只要從今以後，漸漸忘掉過去就可以了。」王敦又稱病不去上朝，謝鯤勸王敦說：「近來您的舉動，雖然想用力保存國家社稷，但在四海

明公之舉，雖欲大存社稷，然四海之內，實懷未達。若能朝天子，使群臣釋然，萬物之心，於是乃服。仗民望以從眾懷，盡沖退以奉主上，如斯則勳侔（móu）一匡，名垂千載。」時人以為名言。

之內，你的真實心意並未表達出來。如果你能去朝見天子，讓群臣的疑慮消除，萬眾之心就會敬服你。倚靠百姓的願望順從眾人的心意，竭盡謙和退讓的態度來奉侍主上，這樣你的功勳就與一匡天下的管仲相等，名垂千古了。」當時人都認為這是至理名言。

13 元皇帝時，廷尉張闓在小市居，私作都門，蚤閉晚開，群小患之，詣州府訴，不得理；遂至撾（zhuā）登

元帝時，廷尉張闓住在小集市，私自做了裏巷的總門，每天早關門晚開門，百姓都為此感到困擾，到州衙門去告狀，得不到審理；於是到朝堂外去擊打登聞鼓，還是得不到審理。

聞鼓，猶不被判。聞賀司空出，至破岡，連名詣賀訴。賀曰：「身被徵作禮官，不關此事。」群小叩頭曰：「若府君復不見治，便無所訴。」賀未語。令且去，見張廷尉當為及之。張聞，即毀門，自至方山迎賀。賀出見，辭之曰：「此不必見關，但與君門情，相為惜之。」張愧謝曰：「小人有如此，始不即知，蚤已毀壞。」

百姓聽說司空賀循出行，到了破岡，便聯名到賀循處申訴。賀循說：「我被任命為禮官，與此事無關。」百姓們叩頭道：「如果府君再不受理，我們就無處申訴了。」賀循沒說話，只是讓他們暫時離開，說自己見到張廷尉時會提到此事。張闓聽說後，立即把門拆去，親自到方山來迎候賀循。賀循出來見張闓，對他說：「此事本不與我相關，只是我家與你家有世交之誼，愛惜你罷了。」張闓慚愧地道歉說：「百姓有此等情形，當初我不知道，現在早已把門拆毀了。」

19

羅君章為桓宣武從事，謝鎮西作江夏，往檢校之。羅既至，初不問郡事，徑就謝數日飲酒而還。桓公問：「有何事？」君章云：「不審公謂謝尚何似人？」桓公曰：「仁祖是勝我許人。」君章云：「豈有勝公人而行非者？故一無所問。」桓公奇其意而不責也。

羅含（字君章）擔任桓溫的僚屬時，鎮西將軍謝尚（字仁祖）鎮守江夏，羅含前去視察。他到了江夏，完全不過問郡裏的事務，直接到謝尚那裏喝了幾天酒就回來了。桓溫問：「有什麼事嗎？」羅含說：「不知您認為謝尚是什麼樣的人？」桓溫說：「仁祖是超過我等的人。」羅含道：「哪裏有超過您的人卻會去做壞事呢？所以我什麼政事都沒有過問。」桓溫認為他的話很奇特，所以也沒有責怪他。

25

桓南郡好獵，每田狩，車騎甚盛，五六十里中，旌

南郡公桓玄喜歡狩獵，每次出去打獵，隨從的車馬非常多，綿延五六十里範圍內，旌旗

旗蔽隰（xí），騁良馬，馳擊若飛，雙甄（zhēn）所指，不避陵壑。或行陳不整，麏（jūn）兔騰逸，參佐無不被繫束。桓道恭，玄之族也，時為賊曹參軍，頗敢直言。常自帶絳（jiàng）綿繩著腰中，玄問：「此何為？」答曰：「公獵，好縛人士，會當被縛，手不能堪芒也。」玄自此小差（chài）。

遍野，良馬馳騁，奔走如飛，左右兩翼所向之處，不避山陵溝壑。有時行列隊形不整齊，或獐子、兔子逃跑了，僚屬就都要被捆綁起來。桓道恭是桓玄的族人，當時擔任賊曹參軍，很敢直言。他常常自帶深紅色的綿繩系在腰間，桓玄問他：「你帶這個幹什麼？」桓道恭答道：「您打獵時喜歡捆綁人，輪到我被捆綁時，我的手可不能忍受綁繩上的芒刺啊。」桓玄的脾氣從此以後略有好轉。

捷悟第十一

1 楊德祖為魏武主簿，時作相國門，始構榱（cuī）桷（jué），魏武自出看，使人題門作「活」字，便去。楊見，即令壞之。既竟，曰：「『門』中『活』，『闊』字，王正嫌門大也。」

3 魏武嘗過曹娥碑下，楊脩從。碑背上見題作「黃絹幼婦，外孫齏（jī）臼」八字，魏武謂脩曰：「解不？」答

楊脩（字德祖）擔任魏王曹操的主簿，當時正在建造相國府的大門，剛剛搭建屋椽，曹操親自出來察看，讓人在門上題了一個「活」字，就離開了。楊脩看到後，立即命人把門拆了。拆掉後，說：「『門』中加『活』字，就是『闊』字，魏王正是嫌門太大啊。」

曹操曾經經過曹娥碑下，楊脩跟隨着他。見到碑的背面題了「黃絹幼婦，外孫齏臼」八個字，曹操對楊脩說：「你理解嗎？」楊脩回答說：「理解。」曹操說：「你先不要說出來，

曰：「解。」魏武曰：「卿未可言，待我思之。」行三十里，魏武乃曰：「吾已得。」令脩別記所知。脩曰：「黃絹，色絲也，於字為『絕』；幼婦，少女也，於字為『妙』；外孫，女子也，於字為『好』；齏臼，受辛也，於字為『辭』：所謂『絕妙好辭』也。」魏武亦記之，與脩同，乃歎曰：「我才不及卿，乃覺三十里。」

等我想想。」走了三十里，曹操才說：「我已經解出來了。」他就叫楊脩另外記下自己所理解的意思。楊脩說：「黃絹，意謂有顏色的絲，合起來就是一個『絕』字；幼婦，少女之意，合起來就是一個『妙』字；外孫，就是女兒之子，合起來就是一個『好』字；齏臼，意謂受辛，合起來就是一個『辤』（辭）字：四個字就是『絕妙好辭』之意。」曹操也記下自己所解，與楊脩完全相同，於是感歎道：「我的才思比不上你，竟相差了三十里。」

6

郗司空在北府，桓宣武惡其居兵權。郗於事機素暗，遣箋詣桓：「方欲共獎王室，修復園陵。」世子嘉賓出行，於道上聞信至，急取箋，視竟，寸寸毀裂，便回。還更作箋，自陳老病不堪人間，欲乞閑地自養。宣武得箋大喜，即詔轉公督五郡、會稽太守。

司空郗愔在京口時，桓溫忌憚他掌握兵權。郗愔對於事勢機巧等一向糊塗，他派人送信給桓溫說：「正要與你共同輔助王室，修復先帝的陵園。」他的世子郗超（字嘉賓）出門在外，在路上聽說信使來了，便急忙拿過信，看完後，把信一寸一寸地撕毀，就回來了。他重新代寫了一封信，陳述自己年老多病難以承受世事，只想求一塊清閒之地來養老。桓溫看到這封信後非常高興，立即代擬詔書調動郗愔擔任都督五郡軍事兼會稽太守的職務。

夙惠第十二

賓客詣陳太丘宿，太丘使元方、季方炊。客與太丘論議，二人進火，俱委而竊聽，炊忘著箄（bì），飯落釜中。太丘問：「炊何不餾？」元方、季方長跪曰：「大人與客語，乃俱竊聽，炊忘著箄，飯今成糜。」太丘曰：「爾頗有所識（zhì）不？」對曰：「仿佛志之。」二子俱說，更相易奪，言無遺失。

有賓客造訪太丘令陳寔後留宿，陳寔讓陳紀（字元方）和陳諶（字季方）去做飯。客人與陳寔交談議論，兩個兒子燒了火以後就去偷聽，忘了放置蒸飯用的箄子，飯都漏到了鍋裏。陳寔問：「燒飯為什麼不蒸？」陳紀和陳諶長跪着說：「大人和客人談話，我們就一起偷聽，忘了放蒸架，所以現在燒成了粥。」陳寔問：「你們都記下了些什麼？」回答說：「似乎都記得。」兩個兒子一起敘述，互相更正補充，把聽到的話都複述了一遍。陳寔說：「能夠這樣，那麼燒成粥也可以，何太丘曰：「如此，但糜自可，何必飯也！」

2 何晏七歲，明惠若神，魏武奇愛之。因晏在宮內，欲以為子。晏乃畫地令方，自處其中。人問其故，答曰：「何氏之廬也。」魏武知之，即遣還。

3 晉明帝數歲，坐元帝膝上。有人從長安來，元帝問洛下消息，潸然流涕。明帝問何以致泣，具以東渡意告

必一定要飯呢？」

何晏七歲時就已經聰慧異常，曹操非常喜歡他。因為何晏長在宮中，曹操就準備收他為子。何晏在地上畫了個方形，自己呆在裏面。別人問他這是怎麼回事，他回答說：「這是何家的房子。」曹操知道後，就把他送回家去了。

晉明帝幾歲大的時候，坐在元帝的膝上。有人從長安來，元帝詢問洛陽的情況，潸然落淚。明帝問為什麼要哭泣，元帝就把晉王室東渡到江南的事告訴他，並順便問明帝：「你覺

之。因問明帝：「汝意謂長安何如日遠？」答曰：「日遠。不聞人從日邊來，居然可知。」元帝異之。明日，集群臣宴會，告以此意，更重問之。乃答曰：「日近。」元帝失色曰：「爾何故異昨日之言邪？」答曰：「舉目見日，不見長安。」

5 韓康伯數歲，家酷貧，至大寒，止得襦（rú）。母殷夫人自成之，令康伯捉熨

得長安和太陽哪個更遠？」明帝答道：「太陽遠。沒聽說有人從太陽那邊過來，顯然可以知道太陽遠。」元帝覺得他的回答不同尋常。第二天，元帝召集大臣們宴會，把明帝說的意思告訴大家，又重新問明帝。明帝竟回答：「太陽近。」元帝驚異地問：「你怎麼和昨天說的不一樣？」明帝回答：「抬頭就可以看到太陽，但看不到長安。」

韓伯（字康伯）幾歲大的時候，家裏很窮，到了大寒時節，只能穿短襖。母親殷夫人自己縫製短襖，讓韓伯幫忙拿着熨斗，她對韓

斗，謂康伯曰：「且著襦，尋作複褌（kūn）。」兒云：「已足，不須複褌也。」母問其故，答曰：「火在熨斗中而柄熱，今既著襦，下亦當暖，故不須耳。」母甚異之，知為國器。

6

晉孝武年十二，時冬天，晝日不著複衣，但著單練衫五六重，夜則累茵褥。謝公諫曰：「聖體宜令有常。陛下晝過冷，夜過熱，恐非

伯說：「先穿着短襖，一會兒再做條夾褲。」兒子說：「已經夠了，不需要再做夾褲了。」母親問他什麼原因，回答說：「火在熨斗中，但柄也是熱的。現在既然穿了短襖，那麼下身也會暖和的，所以不需要夾褲了。」母親非常驚異，知道兒子是治國之才。

晉孝武帝十二歲那年，冬天時，他白天不肯穿夾衣，只穿着單絹衫五六層，晚上睡覺的墊褥卻要好幾層。謝安勸說道：「保養身體應該有規律。陛下白天太冷，晚上過熱，恐怕不符合養生之道。」孝武帝說：「白天動晚上

攝養之術」。帝曰：「晝動夜靜。」謝公出，歎曰：「上理不減先帝。」

7 桓宣武薨（hōng），桓南郡年五歲，服始除，桓車騎與送故文武別，因指語南郡：「此皆汝家故吏佐。」玄應聲慟哭，酸感傍人。車騎每自目己坐曰：「靈寶成人，當以此坐還之。」鞠愛過於所生。

靜。」謝安出來後歎道：「皇上的理解能力不比先帝差。」

桓溫死的時候，南郡公桓玄（字靈寶）才五歲，孝服剛剛除掉，車騎將軍桓沖與送故的文武百官話別，就指着他們對桓玄說：「這些都是你家原來的部屬。」桓玄應聲而哭，悲痛之情令人感動。桓沖經常看着自己的座位說：「等靈寶長大成人，一定要把這個位置還給他。」桓沖對桓玄的撫愛超過了自己的親生孩子。

豪爽第十三

13 王大將軍年少時，舊有田舍名，語音亦楚。武帝喚時賢共言伎藝事，人皆多有所知，唯王都無所關，意色殊惡。自言知打鼓吹，帝令取鼓與之。於坐振袖而起，揚槌奮擊，音節諧捷，神氣豪上，傍若無人，舉坐歎其雄爽。

2 王處仲，世許高尚之目。嘗荒恣於色，體為之

大將軍王敦年輕時，向來有鄉巴佬之稱，說話口音也很重。晉武帝召集當時的名流談論才藝，別人都知道得很多，只有他一點都不感興趣，神情很難看。他說自己懂得擊鼓，晉武帝就叫人拿鼓給他。他於是從座位上揮袖而起，拿起鼓槌奮力擊打，音節和諧勁捷，神氣豪邁噴薄，旁若無人，滿座人都讚歎他雄壯豪爽的氣度。

王敦（字處仲），當時人給予他高尚的評價。他曾經放縱於聲色，身體為此疲乏困頓。

弊。左右諫之，處仲曰：「吾乃不覺爾，如此者甚易耳！」乃開後閤（gé），驅諸婢妾數十人出路，任其所之，時人歎焉。

庾穉（zhì）恭既常有中原之志，文康時，權重未在己。及季堅作相，忌兵畏禍，與穉恭歷同異者久之，乃果行。傾荊、漢之力，窮舟車之勢，師次於襄陽，大會參佐，陳其旌甲，親援弧

左右人勸諫他，王敦說：「我沒有覺察到，如果是這樣的話很容易解決！」於是就打開後閣小樓，把幾十個婢妾趕到路上，任憑她們各奔東西，當時人都嘆服他的做法。

庾翼（字穉恭）早就有收復中原的志向，庾亮執政時，大權不在他的手中。等到庾冰作丞相時，顧忌出兵惹禍，與庾翼爭論了很久，最後才發兵北伐。庾翼傾盡荊州和漢水地區的全力，調動所有車船，出兵駐紮在襄陽，大會部屬，排好陣勢，親自拿起弓箭來說：「我這次出征就像這回射箭一樣！」說完便三發三

矢曰：「我之此行，若此射矣！」遂三起三疊。徒眾屬目，其氣十倍。

8

桓宣武平蜀，集參僚置酒於李勢殿，巴、蜀搢（jìn）紳莫不來萃。桓既素有雄情爽氣，加爾日音調英發，敘古今成敗由人，存亡繫才，其狀磊落，一坐歎賞。既散，諸人追味餘言。于時尋陽周馥曰：「恨卿輩不見王大將軍。」

中。部屬注目，士氣高漲，十倍於前。

桓溫平定蜀地以後，在李勢的宮殿上召集部下僚屬宴飲，巴蜀地區的士大夫們全都來參與聚會。桓溫本來就有雄壯豪爽的氣概，加上這天說話的音調英武奮發，談論古往今來的成敗取決於人，國家的存亡取決於人才。當時桓溫的狀貌英武，氣概不凡，滿座的人都感歎讚賞。酒宴雖散，大家還在回味他的言論。這時尋陽周馥說：「遺憾的是你們沒有見到過王敦王大將軍。」

桓石虔，司空豁之長庶也，小字鎮惡。年十七八，未被舉，而童隸已呼為鎮惡郎。嘗住宣武齋頭。從征枋（fāng）頭，車騎沖沒陳（zhèn），左右莫能先救。宣武謂曰：「汝叔落賊，汝知不？」石虔聞之，氣甚奮。命朱辟為副，策馬於數萬眾中，莫有抗者，徑致沖還，三軍歎服。河朔後以其名斷瘧。

桓石虔是司空桓豁庶出的長子，小字鎮惡。到了十七八歲時，還沒有被承認身份，而家裏的僕役們已稱他為鎮惡郎。他曾經住在桓溫的書齋裏。他跟從桓溫北征戰於枋頭，車騎將軍桓沖陷落到敵陣中，桓溫左右沒有能前去解救的。桓溫對桓石虔說：「你叔叔身陷敵陣，你知道麼？」桓石虔聽後，意氣激奮，叫朱辟擔任副將，策馬沖入萬軍之中，沒人敢抵擋他，於是徑直救了桓沖回來，全軍上下都為之歎服。河朔地區此後就用他的名字來驅瘧疾。

容止第十四

1 魏武將見匈奴使，自以形陋，不足雄遠國，使崔季珪（guī）代，帝自捉刀立床頭。既畢，令間諜問曰：「魏王何如？」匈奴使答曰：「魏王雅望非常，然床頭捉刀人，此乃英雄也。」魏武聞之，追殺此使。

2 何平叔美姿儀，面至白。魏明帝疑其傅粉，正夏月，與熱湯餅。既噉，大汗

曹操準備接見匈奴使者，自認為相貌醜陋，不足以震懾邊遠之國，便讓崔琰（字季珪）來代替，自己則握着刀站在床榻旁。接見後，曹操派密探去問使者：「魏王怎麼樣？」匈奴使者回答說：「魏王儀容高雅非同尋常，但是床榻旁握刀的人，這才是真英雄啊。」曹操聽了這話，派人追殺了這位使者。

何晏（字平叔）姿態儀容很美，臉很白皙。魏明帝懷疑他搽了粉，正當夏天，就給他吃熱湯麵。何晏吃完後，出了大汗，便用紅色

出，以朱衣自拭，色轉皎然。

5 嵇康身長七尺八寸，風姿特秀。見者歎曰：「蕭蕭肅肅，爽朗清舉。」或云：「肅肅如松下風，高而徐引。」山公曰：「嵇叔夜之為人也，岩岩若孤松之獨立；其醉也，傀（guī）俄若玉山之將崩。」

7 潘岳妙有姿容，好神情。少時挾彈出洛陽道，婦人遇者，莫不連手共縈之。左太沖絕醜，亦復效岳遊

朝服來揩拭，臉色更加潔白了。

嵇康身高七尺八寸，風度容貌出眾。看到的人都讚歎道：「風度瀟灑嚴正，爽朗清高脱俗。」也有人說：「他暢快有力猶如颯颯作響的松下之風，高遠而綿長。」山濤說：「嵇叔夜的為人，高大威武像孤松昂然獨立；喝醉酒時，如高峻的玉山將要崩塌。」

潘岳身姿容貌出眾，神情風度美妙。少年時帶着彈弓走在洛陽的街道上，婦女們遇到他，都會牽着手圍觀他。左思（字太沖）相貌極醜，也仿效潘岳出遊，結果婦女們一齊朝他

遨。於是群嫗齊共亂唾之，委頓而返。

19 衛玠從豫章至下都，人久聞其名，觀者如堵牆。玠先有羸（léi）疾，體不堪勞，遂成病而死。時人謂「看殺衛玠」。

24 庾太尉在武昌，秋夜氣佳景清，使吏殷浩、王胡之之徒登南樓理詠。音調始遒（qiú），聞函道中有屐聲甚厲，定是庾公。俄而率左

亂吐涶沫，他只能頹喪疲困地回來。

衛玠從豫章郡來到京城，京城人久聞其名，圍觀的人多得像一堵牆壁。衛玠原先就瘦弱多病，體力不支，於是便病重而死。當時人都說「衛玠是被看死的」。

庾亮（字元規）鎮守武昌時，秋夜天氣極好，景色清朗，屬官殷浩、王胡之等人登上南樓調理音律，吟誦詩歌。音調漸轉高亢時，聽到樓梯上傳來響亮急促的木屐聲，知道一定是庾亮。一會兒庾亮領着十多位侍從走來，各

右十許人步來，諸賢欲起避之，公徐云：「諸君少住，老子於此處興復不淺。」因便據胡床與諸人詠謔，竟坐甚得任樂。後王逸少下，與丞相言及此事，丞相曰：「元規爾時風範不得不小頹。」右軍答曰：「唯丘壑獨存。」

位屬官想起身避開，庾亮慢慢道：「諸位請留步，老夫對於此事興致也不算淺。」於是他便靠在胡床上與大家吟詠說笑，滿座的人都很盡興。後來王羲之（字逸少）東下京都，與丞相王導說起這件事，王導說：「元規那時的風度氣派現在不得不說已稍稍減弱。」王羲之回答說：「唯有高雅超脫的情趣依然保存着。」

自新第十五

1 周處年少時，凶強俠氣，為鄉里所患。又義興水中有蛟，山中有邅（zhān）跡虎，並皆暴犯百姓。義興人謂為「三橫」，而處尤劇。或說處殺虎斬蛟，實冀三橫唯餘其一。處即刺殺虎，又入水擊蛟。蛟或浮或沒，行數十里，處與之俱，經三日三夜，鄉里皆謂已死，更相慶。竟殺蛟而出，聞里人相

周處年輕時，兇狠蠻橫意氣用事，被鄉鄰們當作禍害；此外義興的河水中有蛟龍，山中有跛足虎，它們都禍害百姓；義興人稱為「三橫」，而其中周處最厲害。有人勸說周處去殺虎斬蛟，實際上是希望「三橫」中只留下其中之一。周處隨即去刺殺老虎，又下河去擊殺蛟龍。那蛟龍有時浮出水面，有時潛入水中，游了幾十里，周處始終與蛟龍纏在一起，經過三天三夜，鄉里人都認為他已經死了，便互相慶賀。周處最終殺死蛟龍從水裏出來，聽到了鄉里人在互相慶賀，這才知道自己被人們所

慶，始知為人情所患，有自改意。乃入吳尋二陸，平原不在，正見清河，具以情告，並云：「欲自修改，而年已蹉跎，終無所成。」清河曰：「古人貴朝聞夕死，況君前途尚可。且人患志之不立，亦何憂令名不彰邪？」處遂改勵，終為忠臣孝子。

2

戴淵少時，遊俠不治行檢，嘗在江、淮間攻掠商旅。陸機赴假還洛，輜（zī）重

厭惡，就有了改過自新的意思。於是便到吳郡去尋訪陸機、陸雲兄弟。陸機不在，只見到陸雲。周處便把事情全都告訴他，並說：「自己想改邪歸正，但年齡已經大了，恐怕最終會一事無成。」陸雲說：「古人看重『朝聞道，夕死可矣』的教誨，何況你的前途還大有希望。再說人只怕不能立志，又何必憂慮美名不能傳揚呢？」周處於是改過自新，終於成為忠臣孝子。

戴淵年輕時，一派遊俠作風不檢點品行操守，曾在江、淮一帶搶劫商人旅客。陸機銷假赴任回洛陽時，行李物品很多，戴淵指使一些

甚盛，淵使少年掠劫。淵在岸上，據胡床指麾（huī）左右，皆得其宜。淵既神姿鋒穎，雖處鄙事，神氣猶異。機於船屋上遙謂之曰：「卿才如此，亦復作劫邪？」淵便泣涕，投劍歸機，辭厲非常。機彌重之，定交，作筆薦焉。過江，仕至征西將軍。

年輕人去搶劫，他自己在岸上靠在胡床上指揮手下人行動，一切佈置都很適宜。戴淵的神情風度本來就不凡，即使處理的是搶劫這樣卑鄙的事，神氣還是不同一般。陸機在船艙裏遠遠地對他說：「你的才能如此不俗，也做搶劫這種事嗎？」戴淵便哭泣流淚，丟下寶劍歸順了陸機，言辭非常激切。陸機更加看重他，與他結為朋友，寫書信推薦他。晉室過江以後，他官至征西將軍。

企羨第十六

1 王丞相拜司空，桓廷尉作兩髻、葛裙、策杖，路邊窺之，歎曰：「人言阿龍超，阿龍故自超。」不覺至台門。

3 王右軍得人以《蘭亭集序》方《金谷詩序》，又以己敵石崇，甚有欣色。

6 孟昶（chǎng）未達時，家在京口，嘗見王恭乘高輿，被鶴氅（chǎng）裘。于時微雪，昶於籬間窺之，歎曰：「此真神仙中人！」

王導（小名赤龍）被授為司空時，廷尉桓彝把頭髮梳成兩個髻，穿着葛布裙，拄着拐杖，在路邊暗暗觀察他，讚歎道：「人們都說阿龍超脫，阿龍本來就超脫。」不知不覺間一直跟到了台門。

右軍將軍王羲之得知別人把《蘭亭集序》比作《金谷詩序》，又把自己與石崇相匹敵，臉上頗有喜悅之色。

孟昶還沒有顯達時，家住京口，曾經看到王恭乘着高車，身披鶴氅裘。當時正下着小雪，孟昶透過籬笆縫隙暗自觀察，讚歎道：「這真是神仙中人啊！」

傷逝第十七

1 王仲宣好驢鳴。既葬，文帝臨其喪，顧語同遊曰：「王好驢鳴，可各作一聲以送之。」赴客皆一作驢鳴。

2 王濬（jùn）沖為尚書令，著公服，乘軺（yáo）車，經黃公酒壚下過。顧謂後車客：「吾昔與嵇叔夜、阮嗣宗共酣飲於此壚。竹林之遊，亦預其末。自嵇生夭、

王粲（字仲宣）喜歡驢的叫聲。他去世下葬時，魏文帝曹丕參加喪禮哭弔，回頭對同行的朋友們說：「王粲喜歡驢叫的聲音，大家可各學一次驢叫作為送別。」參加喪禮的來客就都做了一次驢叫。

王戎（字濬沖）擔任尚書令時，穿着官服，乘着輕便馬車，從黃公酒家旁邊經過。他回頭對坐在車後的客人說：「我當初與嵇叔夜（嵇康）、阮嗣宗（阮籍）一起在這家酒店暢飲。竹林之遊我也參與忝陪末座。自從嵇生早逝，阮公亡故以來，我便為時事所束縛。今天

阮公亡以來，便為時所羈紲（xiè）。今日視此雖近，邈若山河。」

3 孫子荊以有才，少所推服，唯雅敬王武子。武子喪時，名士無不至者。子荊後來，臨屍慟哭，賓客莫不垂涕。哭畢，向靈床曰：「卿常好我作驢鳴，今我為卿作。」體似真聲，賓客皆笑。孫舉頭曰：「使君輩存，令此人死！」

看到這家酒店雖然近在眼前，卻感覺遙遠得像隔着山河。」

孫楚（字子荊）恃才傲物，很少推崇佩服別人，只是非常敬重王濟。王濟死後治喪時，當時的名士沒有不去弔唁的。孫楚後到，面對屍體痛哭，賓客們感動得無不為之流淚。哭完後，他對着王濟靈床說：「你平時喜歡聽我學驢叫，現在我就為你學驢叫。」他模仿得很逼真，賓客都笑了起來。孫楚抬頭說：「怎麼讓你們這班人活着，卻叫這個人死了呢！」

11 支道林喪法虔之後，精神霣（yǔn）喪，風味轉墜。常謂人曰：「昔匠石廢斤於郢（yǐng）人，牙生輟弦於鍾子，推己外求，良不虛也。冥契既逝，發言莫賞，中心蘊結，余其亡矣！」卻後一年，支遂殞。

15 王東亭與謝公交惡。王在東聞謝喪，便出都詣子敬道：「欲哭謝公。」子敬始臥，聞其言，便驚起曰：「所

支遁在法虔去世以後，精神消沉，風貌神韻漸漸衰退。他常對人說：「過去匠石因為郢人的去世而丟掉斧子，伯牙因為鍾子期去世而不再彈琴，以自己的體驗去推想別人，確實不是虛假的。既然相互投合的知音已經去世，自己說話已無人欣賞，內心鬱悶，我恐怕要死了！」過了一年，支遁就去世了。

東亭侯王珣與謝安交情破裂，互結仇怨。王珣在東邊聽說謝安去世了，便趕赴都城拜望王獻之（字子敬）說：「我想去哭弔謝公。」王獻之起先躺着，聽到他的話，就吃驚地起來

望於法護。」王於是往哭。督帥刁約不聽前，曰：「官平生在時，不見此客。」王亦不與語，直前哭，甚慟，不執末婢手而退。

說：「這正是我希望你去做的。」王珣於是就去哭弔。謝安帳前的督帥刁約不讓他上前，說：「長官在世時，沒見過這位客人。」王珣也不與他說話，徑直上前哭弔，非常悲痛，但沒有與謝琰（謝安子，小字末婢）握手就退出來了。

棲隱第十八

1

阮步兵嘯聞數百步。蘇門山中，忽有真人，樵伐者咸共傳說。阮籍往觀，見其人擁膝岩側，籍登嶺就之，箕踞相對。籍商略終古，上陳黃、農玄寂之道，下考三代盛德之美，以問之，仡（yì）然不應；復敘有為之教，棲神導氣之術，以觀之，彼猶如前，凝矚不轉。籍因對之長嘯。良久，乃笑曰：「可更作。」籍

阮籍（曾任步兵校尉）的嘯聲能在百步外聽得到。蘇門山中，忽然出現了一位得道高人，砍柴人全都傳說此人。阮籍前去觀看，見此人在山岩旁抱膝而坐，阮籍就登上山嶺靠近他，伸開腿相對而坐。阮籍評論古代史事，上陳述黃帝、神農氏玄遠無為之道，下考夏商周三代的德政，用這些來問他，他昂着頭不應答；再敘述儒家有為的學說，道家凝聚心神導引氣息的方法，拿這些來觀察他，他還像先前一樣，目不轉睛。阮籍於是對着他長嘯。過了很久，他才笑着說：「可以再嘯一次。」阮

復嘯。意盡退。還半嶺許，聞上啫（jiū）然有聲，如數部鼓吹，林谷傳響。顧看，乃向人嘯也。

6 阮光祿在東山，蕭然無事，常內足於懷。有人以問王右軍，右軍曰：「此君近不驚寵辱，雖古之沉冥，何以過此。」

8 南陽劉驎之，高率，善史傳，隱於陽岐。于時苻堅臨江，荊州刺史桓沖將盡

籍再次長嘯。阮籍興致已盡，往回走到了半山腰處，聽到山上嘯聲悠長，好像幾部樂隊在演奏，樂聲在山林幽谷間傳播迴響。阮籍回頭看，原來就是剛才那人在長嘯。

光祿大夫阮裕在東山時，顯得無所事事，冷落寂寞，心中卻常常很滿足。有人就此問王羲之，王羲之說：「此君幾乎達到寵辱不驚的境界了，即便是古時深藏不露的隱士，也不能超過他。」

南陽劉驎之，為人高尚率真，善長史傳之學，隱居在陽岐村。當時苻堅兵臨長江，荊州刺史桓沖想盡力地實現有益於國家的宏圖大

訏（xū）謨（mò）之益，徵為長史，遣人船往迎，贈貺（kuàng）甚厚。驎之聞命，便升舟，悉不受所餉，緣道以乞窮乏，比至上明亦盡。一見沖，因陳無用，翛（xiāo）然而退。居陽岐積年，衣食有無，常與村人共。值己匱乏，村人亦如之，甚厚，為鄉閭所安。

11 康僧淵在豫章，去郭數十里立精舍。傍連嶺，帶長川，

計，便聘劉驎之為長史，並派人備船去迎接，還贈送很多的禮物。劉驎之聽到任命後，就登上船，對所贈禮物全都不接受，而是沿途把它們分給了窮苦之人，等到了上明城禮物也送完了。他一見到桓沖，就陳說自己是無用之人，隨後就很瀟灑地告退出來。他在陽岐村住了多年，不管吃的穿的有無多少，常與村裏的人共享。遇到自己短缺時，村裏人也同樣幫助他。他為人厚道，鄉里人樂於與他相處。

康僧淵在豫章時，在離城幾十里處建造了精舍。精舍旁邊連着山嶺，四周環繞着河流，

芳林列於軒庭，清流激於堂宇。乃閒居研講，希心理味。庾公諸人多往看之，觀其運用吐納，風流轉佳。加己處之怡然，亦有以自得，聲名乃興。後不堪，遂出。

12

戴安道既厲操東山，而其兄欲建式遏之功。謝太傅曰：「卿兄弟志業，何其太殊？」戴曰：「下官不堪其憂，家弟不改其樂。」

長廊庭院裏佈滿花草林木，清澈的流水在廳堂屋宇周圍激蕩。他於是悠閒地住在這裏研習講論佛理，潛心研究體味。庾亮等人常去看他，觀察他運用吐納養生之術，他的風度神采更加優雅。加上他處身於此非常自在，頗感得意，於是聲名大振。後來他終於不能忍受外來的干擾，就離開了這裏。

戴逵（字安道）已經隱居東山磨練節操，而他的兄長戴逯則有建功立業的願望。謝安對戴逯說：「你們兄弟的志趣事業為什麼如此的懸殊啊？」戴逯說：「我不能忍受貧困的憂苦，而家弟則不想改變隱居的樂趣。」

賢媛第十九

1 陳嬰者，東陽人。少修德行，著稱鄉黨。秦末大亂，東陽人欲奉嬰為主，母曰：「不可！自我為汝家婦，少見貧賤，一旦富貴，不祥。不如以兵屬人，事成少受其利，不成禍有所歸。」

2 漢元帝宮人既多，乃令畫工圖之，欲有呼者，輒披圖召之。其中常者，皆行貨賂。王明君姿容甚麗，志

陳嬰是東陽人，年輕時修養道德品行，著稱於家鄉。秦末時天下大亂，東陽人想擁戴陳嬰為首領，他母親說：「不行！自從我做了你家媳婦，年輕時就見你家很貧賤，現在一下子富貴起來，這是不吉祥的。還不如把隊伍交給別人，事情成功的話可以稍微得到一點好處；事情不成功，禍害自有別人來承擔。」

漢元帝的宮女已經很多了，便讓畫工把她們的相貌畫下來，他想臨幸宮女，就翻看圖像挑選。那些姿色平常的宮女，都賄賂畫工。王昭君姿態容貌非常美麗，她立志不肯苟且求

不苟求，工遂毀為其狀。後匈奴來和，求美女於漢帝，帝以明君充行。既召見而惜之，但名字已去，不欲中改，於是遂行。

3 漢成帝幸趙飛燕，飛燕讒班婕妤（jiéyú）祝詛，於是考問。辭曰：「妾聞死生有命，富貴在天。修善尚不蒙福，為邪欲以何望？若鬼神有知，不受邪佞（nìng）之訴；若其無知，訴之何益？

情，畫工便在作畫時把她的容貌畫得很醜。後來匈奴要求和親，向漢元帝請求賞賜美女，元帝便用王昭君來充當宗室之女出嫁匈奴。等到召見王昭君後深感惋惜，但是名字已經報出去了，又不想中途更改，於是王昭君就去了匈奴。

漢成帝寵幸趙飛燕，飛燕誣告班婕妤向鬼神禱告詛咒，於是審問班婕妤。她的供辭說：「我聽說人的死生由命運來決定，富貴由天意來安排。修善還不能受到福報，作惡還能指望什麼？如果鬼神有知覺的話，就不會接受邪惡諂媚的誣告詛咒；如果鬼神沒有知覺，誣告詛咒又有什麼用呢？所以我是不會做這種事的。」

故不為也。」

6

許允婦是阮衛尉女，德如妹，奇醜。交禮竟，允無復入理，家人深以為憂。會允有客至，婦令婢視之，還，答曰：「是桓郎。」桓郎者，桓範也。婦云：「無憂，桓必勸入。」桓果語許云：「阮家既嫁醜女與卿，故當有意，卿宜察之。」許便回入內。既見婦，即欲出。婦料其此出無復入理，便捉裾

許允的妻子是衛尉卿阮共的女兒，阮侃（字德如）的妹妹，容貌特別醜陋。結婚時行過交拜禮後，許允就不再有進入新房的意願，家人都為此深感憂慮。正好許允有客人來，新娘就叫婢女去看是誰，婢女回來答道：「是桓郎。」桓郎就是桓範。新娘說：「不要擔憂了，桓郎必定會勸他進來的。」桓範果然對許允說：「阮家既然把醜女嫁給你，必定是有用意的，你應當好好體察。」許允就回到新房，見到新娘後，立即就想退出去。新娘料想他這回出去就不會再回來了，便抓住新郎的衣襟要他

（jū）停之。許因謂曰：「婦有四德，卿有其幾？」婦曰：「新婦所乏唯容爾。然士有百行，君有幾？」許曰：「皆備。」婦曰：「夫百行以德為首，君好色不好德，何謂皆備？」允有慚色，遂相敬重。

11 山公與嵇、阮一面，契若金蘭。山妻韓氏覺公與二人異於常交，問公，公曰：「我當年可以為友者，唯此二生耳。」妻曰：「負羈之妻

留下。許允便對她說：「婦人要有四種德行，你有幾種？」新娘說：「我所缺少的只有容貌而已。然而士人應具備多方面的品行，你有幾種？」許允說：「我全都具備。」新娘說：「各方面品行中品德是第一位的，你愛美色而不愛德行，怎麼能說都具備呢？」許允聽了面有愧色，從此就敬重她了。

山濤與嵇康、阮籍只見了一面，彼此就情投意合親如兄弟。山濤妻子韓氏感覺山濤與他們二人的交情非同尋常，就問山濤，山濤說：「我這一生最要好的就是這二位先生而已。」韓氏說：「當年曹國大夫僖負羈的妻子也曾親

亦親觀狐、趙，意欲窺之，可乎？」他日，二人來，妻勸公止之宿，具酒肉。夜穿墉以視之，達旦忘反。公入曰：「二人何如？」妻曰：「君才致殊不如，正當以識度相友耳。」公曰：「伊輩亦常以我度為勝。」

12

王渾妻鍾氏生女令淑，武子為妹求簡美對而未得，有兵家子，有俊才，欲以妹妻之，乃白母。曰：「誠是

自觀察過狐偃、趙衰，我也想觀察嵇、阮二位，可以嗎？」有一天，他們二位來了，韓氏勸山濤把他們留下來住宿，同時準備好酒肉招待。夜晚韓氏打通牆壁來觀察他們，直到天亮都忘了回來。山濤進去說：「這二人怎麼樣？」韓氏說：「你的才情志趣遠遠不如他們，正應當以你的見識氣度與他們交朋友。」山濤說：「他們也常常認為我的氣度勝人一籌。」

王渾妻鍾氏生的女兒美麗賢淑，王濟（字武子）為妹妹尋找挑選好配偶而不得，有一位當兵人家的兒子，才幹出眾，王濟想把妹妹嫁給他，於是稟告母親。母親說：「如果他確有

才者，其地可遺，然要令我見。」武子乃令兵兒與群小雜處，使母帷中察之。既而母謂武子曰：「如此衣形者，是汝所擬者非邪？」武子曰：「是也。」母曰：「此才足以拔萃，然地寒，不有長年，不得申其才用。觀其形骨，必不壽，不可與婚。」武子從之。兵兒數年果亡。

13 賈充前婦，是李豐女。豐被誅，離婚徙邊，後遇赦

才幹的話，他的出身門第可以忽略不計，但要讓我親自看看。」王濟就讓此人與其他老百姓混雜在一起，讓母親在帷幕中觀察。看過後母親對王濟說：「穿這種衣服如此形狀的人，就是你準備選取的人嗎？」王濟說：「是的。」母親說：「這人的才幹稱得上超群，但是他的門第寒微，不能長壽也就不可能施展他的才幹。看他的形貌骨相，必定不能長壽，不可與他結親。」王濟聽從了母親的話。這個人幾年後果然死了。

賈充的前妻是李豐的女兒。李豐被殺後，她與賈充離了婚被流放到了邊遠地方，

得還。充先已取郭配女，武帝特聽置左右夫人。李氏別住外，不肯還充舍。郭氏語充，欲就省李，充曰：「彼剛介有才氣，卿往不如不去。」郭氏於是盛威儀，多將侍婢。既至，入戶，李氏起迎，郭不覺腳自屈，因跪再拜。既反，語充，充曰：「語卿道何物？」

王汝南少無婚，自求郝普女。司空以其癡，會無婚

後來遇赦得以回來。賈充在這之前已經娶了郭配之女為妻，晉武帝特別准許賈充設置左右兩位夫人。李氏住在外邊，不肯回到賈充的住處。郭氏對賈充說，想去探望李氏，賈充說：「她的性子剛直又有才氣，你去看望她還不如不去。」郭氏於是盛裝打扮，帶了很多侍婢。到後進門，李氏起身相迎，郭氏不知不覺地雙腿彎曲，就跪了下去行再拜之禮。回到家後，她把情況告訴賈充，賈充說：「我曾對你說過什麼？」

汝南太守王湛年輕時未及訂婚，便自己去求娶郝普之女為妻。父親司空王昶認為他癡

處，任其意便許之。既婚，果有令姿淑德。生東海，遂為王氏母儀。或問汝南：「何以知之？」曰：「嘗見井上取水，舉動容止不失常，未嘗忤觀，以此知之。」

18 周浚作安東時，行獵，值暴雨，過汝南李氏。李氏富足，而男子不在。有女名絡秀，聞外有貴人，與一婢於內宰豬羊，作數十人飲

呆，反正也沒人與他結婚，便任憑他自己的意思答應了。結婚之後，新娘子果然有美好的容貌賢淑的品德。生下王承之後，她便成為王氏門中為人之母的典範。有人問王湛：「你是怎麼了解她的？」王湛說：「我曾見她在井上汲水，舉止容儀沒有不守規矩的地方，從不舉目直視，由此就知道她的為人了。」

周浚任安東將軍時，出外打獵，正遇上暴雨，經過汝南李家。李家家境富足，但男主人不在家。有個女兒，名叫絡秀，聽到外面有貴客來了，她與一個婢女在內院宰殺豬羊，做了幾十個人的飲食，每件事都辦得精細周到，聽

食，事事精辦，不聞有人聲。密覘（chān）之，獨見一女子，狀貌非常。浚因求為妾，父兄不許。絡秀曰：「門戶殄瘁（tiǎncuì），何惜一女？若連姻貴族，將來或大益。」父兄從之。遂生伯仁兄弟。絡秀語伯仁等：「我所以屈節為汝家作妾，門戶計耳。汝若不與吾家作親親者，吾亦不惜餘年！」伯仁等悉從命。由此李氏在世，

不到一點聲音。周浚暗中察看，只見一位女子，相貌不同一般。周浚於是求娶她為小妾，她的父親、兄弟不答應。絡秀說：「我家門第低微，何必珍惜一個女兒？如果與貴族結成婚姻，將來也許有很大的好處。」她父親兄長就聽從了她的意思。婚後便生下周伯仁兄弟。絡秀對周氏兄弟說：「我委屈自己嫁到你們家作小妾，是為我家的門第考慮。你們如不與我家做親戚，我也不會愛惜自己的晚年！」周氏兄弟都聽從母親的話。因此李家在社會上得到了很好的禮遇。

得方幅齒遇。

陶公少有大志，家酷貧，與母湛（zhàn）氏同居。同郡范逵素知名，舉孝廉，投侃宿。于時冰雪積日，侃室如懸罄（qìng），而逵馬僕甚多。侃母湛氏語侃曰：「汝但出外留客，吾自為計。」湛頭髮委地，下為二髲（bì），賣得數斛（hú）米；斫諸屋柱，悉割半為薪；剉（cuó）諸薦，以為馬草。日夕，遂

陶侃年輕時就有遠大的志向，家裏極其貧困，與母親湛氏住在一起。同郡人范逵一向很有名聲，被薦舉為孝廉，到陶侃家投宿。當時接連幾天都有冰雪，陶侃家一無所有，而范逵的馬匹僕從很多。陶侃母親湛氏對陶侃說：「你只管出去把客人留下來，我自然會想辦法的。」湛氏的頭髮很長可以垂到地上，便剪下頭髮做成兩段假髮，換來了幾斛米；砍掉房柱，都一劈為二當柴燒，鍘碎草墊子，用來作喂馬的草料。到了晚上，便準備好了精美的食物，連隨從都得到了周到的招待。范逵讚歎陶

設精食，從者皆無所乏。逵既歎其才辯，又深愧其厚意。明旦去，侃追送不已，且百里許。逵曰：「路已遠，君宜還。」侃猶不返。逵曰：「卿可去矣。至洛陽，當相為美談。」侃乃返。逵及洛，遂稱之於羊晫（zhuō）、顧榮諸人。大獲美譽。

侃的能力與辯才，又感激他的深厚情誼。第二天走時，陶侃一路追着送行不肯停下，送出將近百里多地。范逵說：「送出這麼遠了，你應該回去了。」陶侃還是不肯回去。范逵說：「你可以回去了，到了洛陽，我定會為您美言的。」陶侃這才回去。范逵到了洛陽，便在羊晫、顧榮這些名士面前稱讚陶侃，陶侃因此便獲得了極大的美譽。

21

桓宣武平蜀，以李勢妹為妾，甚有寵，常著齋後。主始不知，既聞，與數

桓溫平定成漢後，娶了漢主李勢的妹妹為妾，非常寵愛她，常把她安置在書齋後面住。他的妻子南康公主起初不知道，聽到消息後，

十婢拔白刃襲之。正值李梳頭，髮委藉地，膚色玉曜（yào），不為動容。徐曰：「國破家亡，無心至此，今日若能見殺，乃是本懷。」主慚而退。

26

王凝之謝夫人既往王氏，大薄凝之。既還謝家，意大不說。太傅慰釋之曰：「王郎，逸少之子，人身亦不惡，汝何以恨乃爾？」答曰：「一門叔父，則有阿大、

就帶了幾十個婢女拔出刀子去襲擊她。正遇上李氏在梳頭，頭髮下垂鋪到了地上，膚色如白玉般明亮，一點都不驚慌，緩緩地說：「國破家亡，我也無意到這裏，今天如被殺，正是我的本願。」公主慚愧地退了出來。

王凝之夫人謝道韞嫁到王家後，非常瞧不起王凝之，回到謝家，她心裏很不高興。謝安寬慰勸解道：「王郎是王羲之的兒子，人品、才幹也不壞，你為什麼會遺憾到如此地步？」她答道：「我們謝家一門叔父中，有阿大（謝尚）、中郎（謝據）；同族兄弟中，又有封（謝

中郎；群從兄弟，則有封、胡、遏、末。不意天壤之中，乃有王郎！」

韶）、胡（謝朗）、遏（謝玄）、末（謝淵）。想不到天地之間，竟有王郎這樣的人！」

術解第二十

荀勖（xù）善解音聲，時論謂之闇解。遂調律呂，正雅樂。每至正（zhēng）會，殿庭作樂，自調宮商，無不諧韻。阮咸妙賞，時謂神解。每公會作樂，而心謂之不調，既無一言直勖。意忌之，遂出阮為始平太守。後有一田父耕於野，得周時玉尺，便是天下正尺。荀試以校己所治鐘鼓、金石、絲

荀勖擅長音樂聲律，當時人稱為「闇解」。他於是調整樂律，校正雅樂。每到正月元旦聚會時，在殿堂奏樂，他自己親自調整五音，都能音韻和諧。阮咸在音樂上有着極佳的欣賞能力，當時人稱為「神解」。每當因公事聚會奏樂時，阮咸都認為樂聲不協調，竟然沒有一句肯定荀勖的話。荀勖心中忌恨，便把阮咸調出朝廷去當始平太守。後來有一個農夫在田野耕地時，得到一把周代的玉尺，這便是天下的標準尺。荀勖試着用它來校正自己所製作的鐘鼓、金石、絲竹等樂器，發現都短了一

竹，皆覺短一黍（shǔ），於是伏阮神識。

10 郗愔（yīn）信道甚精勤，常患腹內惡，諸醫不可療，聞于法開有名，往迎之。既來，便脈云：「君侯所患，正是精進太過所致耳。」合一劑湯與之。一服即大下，去數段許紙，如拳大，剖看，乃先所服符也。

黍，於是才佩服阮咸見識高超。

郗愔信奉天師道非常專心勤奮，他常常感到腹內不舒服，很多醫生都治不好，聽說于法開有名氣，就去接他來治病。于法開來了以後，就為他把脈診斷病情，說：「君侯所患的病，正是修煉太過分所造成的。」便調配了一劑湯藥給他服用。服後立刻大瀉，瀉出了好幾段像拳頭大小的紙團，剖開來看，竟然是先前所吞服的符籙。

巧藝第二十一

1 彈棋始自魏，宮內用妝奩（lián）戲。文帝於此戲特妙，用手巾角拂之，無不中。有客自云能，帝使為之。客著葛巾角，低頭拂棋，妙踰於帝。

2 陵雲台樓觀精巧，先稱平眾木輕重，然後造構，乃無錙銖（zīzhū）相負揭。台雖高峻，常隨風搖動，而終無傾倒之理。魏明帝登台，

彈棋的遊戲從魏朝開始，宮女們在梳妝盒上用金釵、玉梳等作彈棋的器具來遊戲。魏文帝對這種遊戲玩得特別精妙，他用手巾角來碰彈，沒有不擊中的。有位客人自稱很會玩，文帝便讓他來表演。客人低頭用戴的葛布頭巾角碰觸棋子，比文帝更為巧妙。

陵雲台的樓台觀舍設計精巧，建造時先稱量所用木材的輕重分量，然後才建造構築，竟然沒有絲毫的誤差。樓台雖然高峻，常常隨着風力而搖動，但始終沒有傾倒的可能。魏明帝登上樓台時，怕高峻的樓台有危險，另外用大

懼其勢危，別以大材扶持之，樓即頹壞。論者謂輕重力偏故也。

3 韋仲將能書。魏明帝起殿，欲安榜，使仲將登梯題之。既下，頭鬢皓然，因敕兒孫勿復學書。

4 鍾會是荀濟北從舅，二人情好不協。荀有寶劍，可直百萬，常在母鍾夫人許。會善書，學荀手跡，作書與母取劍，仍竊去不還。荀勗

木材來支撐它，樓台立即就坍塌了。議論者都說這是輕重失去了平衡的緣故。

韋誕（字仲將）擅長書法。魏明帝建造宮殿，想安放匾額，讓韋誕登上梯子題寫匾額。題好字下來後，韋誕的鬢髮都變得雪白了，於是他告誡兒孫們今後不要再學書法了。

鍾會是荀勗的堂舅，兩人的感情不和。荀勗有一把寶劍，價值百萬，平常放在母親鍾夫人處。鍾會擅長書法，就模仿荀勗的筆跡，寫信給荀勗母親要寶劍，於是騙走了寶劍不還。荀勗知道是鍾會幹的，卻無法取回來，於是就

知是鍾而無由得也，思所以報之。後鍾兄弟以千萬起一宅，始成，甚精麗，未得移住。荀極善畫，乃潛往畫鍾門堂，作太傅形象，衣冠狀貌如平生。二鍾入門，便大感慟，宅遂空廢。

戴安道就范宣學，視范所為，范讀書亦讀書，范抄書亦抄書。唯獨好畫，范以為無用，不宜勞思於此。戴乃畫《南都賦圖》，范看畢咨

想辦法報復他。後來鍾會兄弟用千萬錢建起一座宅院，剛建成，十分精緻美麗，還沒有搬進去住。荀勗非常擅長繪畫，便偷偷地到鍾會新宅的門側堂屋，畫了太傅鍾繇的像，衣冠容貌就像生前一樣。鍾氏兄弟進門看見，於是大為感傷極度悲痛，這座宅院便從此廢棄不用了。

戴逵（字安道）向范宣學習，一切看范宣所做的來模仿，范宣讀書他也讀書，范宣抄書他也抄書，只是他偏好繪畫，范宣認為沒有什麼用處，不應該在這上面花費心思。戴逵就畫了一幅《南都賦圖》，范宣看完後很是讚賞，

嗟，甚以為有益，始重畫。

13 顧長康畫人，或數年不點目精。人問其故，顧曰：「四體妍（yán）蚩（chī），本無關於妙處；傳神寫照，正在阿堵中。」

認為很有益處，這才重視繪畫了。

顧愷之（字長康）畫人，有時幾年都不點上眼珠。有人問他是什麼緣故，顧愷之說：「人的四肢美醜，原本就與畫的精妙無關；傳達人的精神面貌，正是在這個點睛之中。」

寵禮第二十二

元帝正會，引王丞相登御床，王公固辭，中宗引之彌苦。王公曰：「使太陽與萬物同輝，臣下何以瞻仰？」

孝武在西堂會，伏滔預坐。還，下車呼其兒，語之曰：「百人高會，臨坐未得他語，先問：『伏滔何在？在此不？』此故未易得。為人作父如此，何如？」

晉元帝在正月初一朝會時，拉着丞相王導一起坐皇帝的御座，王導堅決辭讓，元帝拉着他更加懇切。王導說：「讓太陽和萬物發出同樣的光輝，那麼叫我們臣下怎麼樣仰視瞻望呢？」

孝武帝在太極殿的西廳聚會，伏滔也在座。回家一下車就叫他兒子，對兒子說：「上百人的盛會，皇上蒞臨就位沒有說別的話，先就問：『伏滔在哪裏？在這裏嗎？』這樣的寵倖實在不容易得到。為人在世，做父親的能夠如此，怎麼樣？」

任誕第二十三

1 陳留阮籍、譙國嵇康、河內山濤，三人年皆相比，康年少亞之。預此契者，沛國劉伶、陳留阮咸、河內向秀、琅邪王戎。七人常集於竹林之下，肆意酣暢，故世謂「竹林七賢」。

2 阮籍遭母喪，在晉文王坐，進酒肉。司隸何曾亦在坐，曰：「明公方以孝治天下，而阮籍以重喪，顯於公

陳留阮籍、譙國嵇康、河內山濤，三個人的年齡都相近，嵇康的年齡稍小些。參加這些人聚會的還有沛國劉伶、陳留阮咸、河內向秀、琅邪王戎。七個人常常在竹林下聚集，縱情地暢飲，所以當時人稱他們為「竹林七賢」。

阮籍（字嗣宗）在母親去世服喪期間，在晉文王宴席上飲酒吃肉。司隸校尉何曾也在座，對晉文王說：「您正以孝道治理天下，但阮籍重喪在身，卻公然在您的宴席上飲酒吃

坐飲酒食肉，宜流之海外，以正風教。」文王曰：「嗣宗毀頓如此，君不能共憂之，何謂？且有疾而飲酒食肉，固喪禮也。」籍飲噉不輟，神色自若。

劉伶病酒，渴甚，從婦求酒。婦捐酒毀器，涕泣諫曰：「君飲太過，非攝生之道，必宜斷之！」伶曰：「甚善。我不能自禁，唯當祝鬼神，自誓斷之耳。便可具酒

肉，應當把他流放到邊遠地區，以端正風俗教化。」文王說：「嗣宗哀傷過度以致萎靡困頓成這個樣子，你不能一同為他擔憂，是為什麼呢？況且居喪期間因病而飲酒吃肉，這本來就是符合喪禮的。」當時阮籍吃喝不停，神色和往常一樣。

劉伶因飲酒過度而得病，異常口渴，就向妻子討酒喝。他妻子把酒倒掉，把酒器毀壞，哭着勸道：「你喝酒過度，這不是養生的辦法，必須要把酒戒掉！」劉伶說：「很好。但我不能控制自己，只能向鬼神禱告，自己發誓來戒掉酒癮。你就準備祭祀用的酒肉吧。」他

肉。」婦曰：「敬聞命。」供酒肉於神前，請伶祝誓。伶跪而祝曰：「天生劉伶，以酒為名，一飲一斛，五斗解酲（chéng）。婦人之言，慎不可聽！」便引酒進肉，隗（wěi）然已醉矣。

6

劉伶恒縱酒放達，或脫衣裸形在屋中。人見譏之，伶曰：「我以天地為棟宇，屋室為褌衣，諸君何為入我褌中？」

妻子說：「我聽你的吩咐。」於是把酒肉供在神前，請劉伶去禱告發誓。劉伶跪着說：「天生我劉伶，酒是我的命。一次喝一斛，五斗消酒病。婦人說的話，千萬不能聽。」說完拿起酒肉就吃喝起來，很快就醉倒了。

劉伶常常縱情飲酒，任性放誕，有時脫掉衣服，赤身裸體呆在屋中。有人看到後譏笑他，劉伶說：「我把天地當房子，把房屋當褲子，你們諸位為什麼跑進我褲子中來？」

8 阮公鄰家婦有美色，當壚酤（gū）酒。阮與王安豐常從婦飲酒，阮醉，便眠其婦側。夫始殊疑之，伺察，終無他意。

10 阮仲容、步兵居道南，諸阮居道北；北阮皆富，南阮貧。七月七日，北阮盛曬衣，皆紗羅錦綺。仲容以竿掛大布犢（dú）鼻褌於中庭，人或怪之，答曰：「未能免俗，聊復爾耳！」

阮籍鄰家的婦人姿色美麗，在酒壚邊賣酒。阮籍與安豐侯王戎常常到婦人那裏飲酒，阮籍喝醉了，就睡在婦人身旁。她丈夫開始很懷疑他，暗中觀察後，發現他始終沒有其他的意圖。

阮咸（字仲容）、阮籍居住在路南，其他阮姓人住在路北；住在路北的阮姓人都很富有，住在路南的則很貧窮。七月七日，路北的阮姓人大曬衣物，都是綾羅綢緞。阮咸就在庭院中用竹竿掛了一條粗布犢鼻褌，有人對他的做法很奇怪，他答道：「我不能免俗，姑且再這樣應付一回罷了！」

12 諸阮皆能飲酒，仲容至宗人間共集，不復用常杯斟酌，以大甕盛酒，圍坐，相向大酌。時有群豬來飲，直接去上，便共飲之。

18 阮宣子常步行，以百錢掛杖頭，至酒店，便獨酣暢，雖當世貴盛，不肯詣也。

19 山季倫為荊州，時出酣暢，人為之歌曰：「山公時一醉，徑造高陽池，日莫倒載歸，茗艼無所知。復能乘駿

阮氏家族的人都能喝酒，阮咸到同族人當中聚會，不再用一般的杯子來喝酒，而是用大甕來盛酒，大家一起圍坐，面對面地痛飲。當時有很多豬也來喝酒，它們直接就湊了上去，於是人和豬就在一起喝酒。

阮脩（字宣子）經常徒步出遊，在手杖頭上掛上一百個銅錢，到了酒店就獨自開懷暢飲。哪怕是當朝的權貴，他也不肯去拜訪。

山簡（字季倫）做荊州刺史的時候經常出去痛飲，人們為他編了首歌謠：「山公時一醉，徑造高陽池。日莫倒載歸，茗艼無所知。復能乘駿馬，倒著白接䍦。舉手問葛彊，何如

馬，倒著白接羅（三），舉手問葛彊，何如並州兒？」高陽池在襄陽。彊是其愛將，並州人也。

20 張季鷹縱任不拘，時人號為「江東步兵」。或謂之曰：「卿乃可縱適一時，獨不為身後名邪？」答曰：「使我有身後名，不如即時一杯酒！」

22 賀司空入洛赴命，為太孫舍人，經吳閶門，在船中彈琴。張季鷹本不相識，

並州兒？」高陽池在襄陽。葛彊是山簡的愛將，並州人。

張翰（字季鷹）任性放縱不拘禮法，當時人把他稱為「江東步兵」。有人對他說：「你可以縱情享樂於一時，怎麼就不為身後的名聲考慮呢？」張翰回答說：「讓我有身後的名望，還不如現在給我一杯酒呢。」

司空賀循到洛陽去接受任命，擔任太子舍人，經過吳郡的閶門時，他在船中彈琴。張翰本來和他不相識，在金閶亭聽到琴聲非常清

先在金閶亭，聞弦甚清，下船就賀，因共語，便大相知說。問賀：「卿欲何之？」賀曰：「入洛赴命，正爾進路。」張曰：「吾亦有事北京，因路寄載。」便與賀同發。初不告家，家追問乃知。

23

祖車騎過江時，公私儉薄，無好服玩。王、庾諸公共就祖，忽見裘袍重疊，珍飾盈列。諸公怪問之，祖曰：「昨夜復南塘一出。」祖

雅，便下到船中去拜訪賀循，於是一同交談，馬上就互相賞識。張翰問賀循：「您準備到什麼地方去？」賀循說：「到洛陽接受任命，現在是在去的路上。」張翰說：「我也有事要到洛陽去。」於是搭了船，與賀循一同進發。一開始張翰沒有告訴家人，等家人追問，才知道原委。

車騎將軍祖逖渡江南下的時候，公私的資財都很匱乏，沒有什麼像樣的服飾玩物。王導和庾亮等人一起去看祖逖，忽然看到他那裏的皮袍裘衣堆得層層疊疊，珍貴飾物擺得滿滿當當。大家覺得奇怪，問他怎麼回事，祖逖說：

于時恒自使健兒鼓行劫鈔，在事之人亦容而不問。」

24 鴻臚卿孔群好飲酒。王丞相語云：「卿何為恒飲酒？不見酒家覆瓿（bù）布，日月糜爛？」群曰：「不爾。不見糟肉乃更堪久？」群嘗書與親舊：「今年田得七百斛秫（shú）米，不了麴糵（qūniè）事。」

28 周伯仁風德雅重，深

「昨天晚上又到南塘去了一次。」祖逖在當時常常讓部下去公開搶劫，而那些主政者也加以容忍，不去過問。

鴻臚卿孔群好飲酒，王導對他說：「你為什麼一直要喝酒？難道沒看見酒家蓋在酒甕上的布，時間長了就會腐爛麼？」孔群說：「並非如此。你沒看到糟過的肉可以耐久不壞麼？」孔群曾經寫信給親朋好友說：「今年田裏只收了七百斛高粱，還不夠釀酒用的。」

周顗（字伯仁）品德高尚而莊重，能洞察

達危亂。過江積年，恒大飲酒，嘗經三日不醒。時人謂之「三日僕射」。

30 蘇峻亂，諸庾逃散。庾冰時為吳郡，單身奔亡。民吏皆去，唯郡卒獨以小船載冰出錢塘口，籧篨（qúchú）覆之。時峻賞募覓冰，屬所在搜檢甚急。卒舍船市渚，因飲酒醉，還，舞棹向船曰：「何處覓庾吳郡，此中便是！」冰大惶怖，然不敢

危機。渡江南下多年後，經常盡情飲酒，曾經喝醉了三天不醒。當時人稱他是「三日僕射」。

蘇峻作亂，庾氏兄弟們四處逃散，庾冰當時是吳郡太守，隻身逃亡。他的手下都離他而去，只有一個郡府的差役用小船載着庾冰逃出錢塘江口，用粗竹席遮蓋着他。當時蘇峻懸賞捉拿庾冰，命令部下到處緊急搜查。差役把船靠在江中沙洲邊就下船去買東西，喝醉了酒回來，揮舞着船槳指着船說：「上哪去找庾吳郡？這裏面就是。」庾冰大為驚恐，但躲着又不敢動。搜捕的人見船隻狹小，認為差役喝醉

動。監司見船小裝狹，謂卒狂醉，都不復疑。自送過淛（zhì）江，寄山陰魏家，得免。後事平，冰欲報卒，適其所願。卒曰：「出自廝下，不願名器。少苦執鞭，恒患不得快飲酒；使其酒足餘年，畢矣。無所復須。」冰為起大舍，市奴婢，使門內有百斛酒，終其身。時謂此卒非唯有智，且亦達生。

31 殷洪喬作豫章郡，臨

了在發酒瘋，全都不再懷疑。差役把庾冰送過錢塘江，寄居在山陰魏家，得以倖免。後來叛亂平息，庾冰準備報答差役，想要滿足他的願望。差役說：「我出身僕役，不想做官。從小就苦於被人差使，常常不能痛快地喝酒。如果讓我有足夠多的酒度過餘生，我就滿足了，也就沒有其他要求了。」庾冰於是給他蓋了大房子，買了奴婢，為他準備了上百斛酒，供養他一輩子。當時人認為這個差役不但有智謀，而且也有着達觀的人生態度。

殷羨（字洪喬）任豫章太守，臨行時京都

去，都下人因附百許函書。既至石頭，悉擲水中，因祝曰：「沉者自沉，浮者自浮，殷洪喬不能作致書郵！」

32

王長史、謝仁祖同為王公掾，長史云：「謝掾能作異舞。」謝便起舞，神意甚暇。王公熟視，謂客曰：「使人思安豐。」

33

王、劉共在杭南，酣宴於桓子野家。謝鎮西往尚書墓還，葬後三日反哭。諸人欲

人托他帶了上百封信。船到了石頭城後，他就把信全都扔到了江裏，還祝禱說：「要沉的總是要沉下去的，要浮的總是會浮上來的，我殷洪喬可不能做那信差。」

長史王濛和謝尚（字仁祖）都是王導官署的屬員，王濛說：「謝大人會跳奇怪的舞蹈。」謝尚於是起身舞蹈起來，神態很是安詳自得。王導注目仔細看着，對客人們說：「他讓我想起了安豐（王戎）。」

王濛、劉惔都住在朱雀航的南面，他們在桓伊（字子野）家裏宴會暢飲。鎮西將軍謝尚到叔叔的墓前反哭後回來，大家想要邀請他來

要（yāo）之，初遣一信，猶未許，然已停車；重要，便回駕。諸人門外迎之，把臂便下。裁得脫幘，著帽酣宴。半坐，乃覺未脫衰（cuī）。

34

桓宣武少家貧，戲大輸，債主敦求甚切。思自振之方，莫知所出。陳郡袁躭俊邁多能，宣武欲求救於躭。躭時居艱，恐致疑，試以告焉，應聲便許，略無嫌

一起聚會，起初派了一個使者去請，謝尚沒有答應，但車馬已經停下來了；再次邀請，他立即掉轉車頭就來了。大家在門外迎接，他拉着別人的手臂就下了車。一脫去頭巾，就換上便帽痛痛快快地喝了起來。吃喝到一半的時候，謝尚才發現自己還沒脫喪服。

桓溫年輕時家裏貧窮，賭博輸了很多錢，債主急着追討賭債。桓溫想要找到一個翻本的辦法，可是卻想不出來。陳郡袁躭為人豪爽，又多才多藝，桓溫想求助於他。袁躭當時正在守孝期間，桓溫擔心他會為難，只能試着告訴他這件事。袁躭一聽就答應了，一點為難的意

吝。遂變服，懷布帽，隨溫去與債主戲。躭素有藝名，債主就局，曰：「汝故當不辦作袁彥道邪？」遂共戲。十萬一擲，直上百萬數，投馬絕叫，傍若無人，探布帽擲對人曰：「汝竟識袁彥道不？」

襄陽羅友有大韻，少時多謂之癡。嘗伺人祠，欲乞食，往太蚤，門未開。主人迎神出見，問以非時何得在此，答曰：「聞卿祠，欲乞一

思都沒有。於是換上便裝，懷揣着便帽，跟着桓溫就走，和債主賭錢。袁躭在才藝方面向來就有名氣，債主上了賭局後說：「你或許不會像袁躭一樣吧？」於是一起賭了起來。一擲十萬，賭注一直加到了百萬之數，袁躭投下籌碼時高聲喊叫，旁若無人，從懷裏掏出布帽扔向對面的債主說：「你到底認得袁躭嗎？」

襄陽羅友，為人很有風度，年輕時別人多認為他癡呆。有一次他知道別人家祭祀就去守候，去得太早，人家都還沒開門。主人在迎神時出門看見他，問他還沒到時候怎麼就在這裏了，他答道：「聽說您要祭祀，想來討一頓飯

頓食耳。」遂隱門側，至曉得食便退，了無怍容。為人有記功：從桓宣武平蜀，按行蜀城闕觀宇，內外道陌廣狹，植種果竹多少，皆默記之。後宣武溧洲與簡文集，友亦預焉。共道蜀中事，亦有所遺忘，友皆名列，曾無錯漏。宣武驗以蜀城闕簿，皆如其言，坐者歎服。謝公云：「羅友詎減魏陽元。」後為廣州刺史，當之鎮，刺史

罷了。」於是躲到門旁，到天亮討得食物就走了，一點都沒有慚愧的神色。他有很強的記憶力，跟從桓溫平定蜀地的時候，他巡查蜀中各地的城池樓台屋宇，內外道路的闊狹，種植的果樹竹子的多少，都能默記。後來桓溫在溧州與簡文帝會面，羅友也參加了。他們一起談起蜀中的往事，已經有所遺忘，羅友全都條列名目，分毫不差。桓溫用蜀城闕簿來驗證，都跟他說的一樣，在座的人無不歎服。謝安說：「羅友不在魏舒（字陽元）之下。」後來羅友做了廣州刺史，當他前往駐地時，荊州刺史桓豁讓他路過時來住宿，他回答說：「我已經有約

桓豁語令莫來宿，答曰：「民已有前期，主人貧，或有酒饌之費，見與甚有舊。請別日奉命。」征西密遣人察之，至夕乃往荊州門下書佐家，處之怡然，不異勝達。在益州，語兒云：「我有五百人食器。」家中大驚，其由來清，而忽有此物，定是二百五十沓烏樏（lěi）。

在先了，那家主人窮，可能破費了準備酒菜的錢，而且我們的交情也不淺。請允許我改日再來拜訪。」桓豁暗中派人觀察，羅友到達荊州時，晚上竟然跑到桓豁下屬的書佐家裏去了，神情坦然自若，就像和名流相處一樣。在益州的時候，他對兒子說：「我有可供五百個人吃飯的餐具。」家裏人都感到很吃驚，他一向很清貧，卻突然有這些東西，一定是二百五十套黑漆食盒。

47

王子猷（yóu）居山陰，夜大雪，眠覺，開室命酌

王徽之（字子猷）住在山陰的時候，一天夜裏下起了大雪，他睡覺醒來，打開房門，命

酒，四望皎然。因起彷徨。詠左思《招隱》詩，忽憶戴安道。時戴在剡，即便夜乘小船就之。經宿方至，造門不前而返。人問其故，王曰：「吾本乘興而行，興盡而返，何必見戴！」

手下斟酒，環顧四周，一片潔白的雪景。他於是起身徘徊，吟詠左思的《招隱》詩，忽然想起了戴逵（字安道）。當時戴逵住在剡縣，王徽之於是連夜乘上小船前去拜訪。船行一夜方才到達，王徽之到了門口沒有進去就返回了。別人問他緣故，王徽之說：「我本來就是乘興而去，興致沒了也就可以回來了，為什麼非得見到戴逵呢？」

簡傲第二十四

3 鍾士季精有才理，先不識嵇康，鍾要（yāo）于時賢俊之士，俱往尋康。康方大樹下鍛，向子期為佐鼓排。康揚槌不輟，傍若無人，移時不交一言。鍾起去，康曰：「何所聞而來？何所見而去？」鍾曰：「聞所聞而來，見所見而去。」

鍾會（字士季）精明有才思，最初不認識嵇康，鍾會邀請當時賢能傑出之士，一起去探訪嵇康。嵇康正在大樹下打鐵，向秀（字子期）幫他拉風箱鼓風。嵇康不停地揮動槌子打鐵，旁若無人，過了很久也不與他們說一句話。鍾會起身離開，嵇康說：「你聽到了什麼才來的？見到了什麼才走的？」鍾會說：「聽到了所聽到的才來，看到了所看到的才走的。」

4 嵇康與呂安善，每一相思，千里命駕。安後來，

嵇康和呂安相友善，每當有所思念，再遠的路也要駕車前去探訪。呂安後來去拜訪嵇康

值康不在，喜出戶延之，不入，題門上作「鳳」字而去。喜不覺，猶以為欣，故作。「鳳」字，凡鳥也。

8 桓宣武作徐州，時謝奕為晉陵，先粗經虛懷，而乃無異常。及桓遷荊州，將西之間，意氣甚篤，奕弗之疑。唯謝虎子婦王悟其旨，每曰：「桓荊州用意殊異，必與晉陵俱西矣。」俄而引奕為司馬。奕既上，猶推布衣

時，正巧嵇康不在家，嵇喜出門來迎接他，他不進門，在門上題了一個「鳳」字就走了。嵇喜並未察覺呂安的用意，還以為他很高興，所以才題字的。「鳳」字其實就是凡鳥。

桓溫擔任徐州刺史，當時謝奕擔任晉陵太守，起先兩人略通寒暄，也沒有什麼異樣的地方。等到桓溫改任荊州刺史，將往西邊去就任時，對謝奕的情義特別深，謝奕也沒有察覺什麼異樣。只有謝據的妻子王氏有所領悟，常說：「桓荊州的用心很不尋常，他必定會與晉陵一起到西邊去了。」不久桓溫就薦舉謝奕為司馬。謝奕上任後，還是把桓溫當做貧賤時

交。在溫坐，岸幘嘯詠，無異常日。宣武每曰：「我方外司馬。」遂用酒，轉無朝夕禮。桓舍入內，奕輒復隨去。後至奕醉，溫往主許避之。主曰：「君無狂司馬，我何由得相見？」

10 謝中郎是王藍田女婿，嘗著白綸（guān）巾，肩輿徑至揚州聽事，見王，直言曰：「人言君侯癡，君侯信自

的朋友看待。在桓溫座上作客時，他把頭巾掀起露出額頭長嘯歌詠，與平常沒有什麼不同。桓溫常說：「他是我世俗之外的司馬。」於是他因為喝多了酒，連尋常的禮節都不講了。桓溫避開他進入內室，謝奕就跟了進去。後來以至於謝奕喝醉酒，桓溫到南康長公主住處躲避他。公主說：「你如果沒有這位狂司馬，我怎麼能夠與你相見呢？」

中郎將謝萬是王述的女婿，曾戴着白綸巾，坐着肩輿，徑直到揚州刺史廳堂上，見到王述，直截了當地說：「人們說君侯你有點癡呆，君侯你確實是癡呆。」王述說：「不是沒

癡。」藍田曰：「非無此論，但晚令耳。」

11 王子猷作桓車騎騎兵參軍，桓問曰：「卿何署？」答曰：「不知何署，時見牽馬來，似是馬曹。」桓又問：「官有幾馬？」答曰：「『不問馬』，何由知其數？」又問：「馬比死多少？」答曰：「『未知生，焉知死？』」

12 謝公嘗與謝萬共出西，過吳郡，阿萬欲相與共萃王

有這種議論，只是我晚年才得到好名聲罷了。」

王徽之（字子猷）擔任桓沖的騎兵參軍，桓沖問他：「你是哪個衙門的？」王徽之答道：「不知道是什麼衙門，只是常常看見有牽了馬來的，好像是馬曹。」桓沖又問：「官府中有多少馬？」徽之答着：「『不問馬』，怎麼知道馬的數目呢？」桓沖又問：「馬近來死了多少？」徽之答道：「『未知生，焉知死？』」

謝安曾經與謝萬一起西行去都城，經過吳郡時，謝萬想與謝安一起到王恬（小字螭

恬許，太傅云：「恐伊不必酬汝，意不足爾。」萬猶苦要，太傅堅不回，萬乃獨往。坐少時，王便入門內，謝殊有欣色，以為厚待己。良久，乃沐頭散髮而出，亦不坐，仍據胡床，在中庭曬頭，神氣傲邁，了無相酬對意。謝於是乃還，未至船，逆呼太傅，安曰：「阿螭（chī）不作爾！」

14 謝萬北征，常以嘯詠自高，未嘗撫慰眾士。謝公甚

虎）處聚會。謝安說：「恐怕他不一定會與你應酬，我認為不值得如此。」謝萬還是竭力邀請他同去，謝安堅決不肯改變主意。謝萬就獨自去了。坐了一會兒，王恬就進屋去了，謝萬很有點兒欣喜之色，認為他要好好款待自己。過了很久，王恬洗了頭披散着頭髮出來了，也不坐下，兩腿分開坐在胡床上，在庭院中曬頭髮，神色傲慢，毫無招待應酬他的意思。謝萬於是就回來了，還未到船上，就先叫謝安，謝安說：「阿螭那裏不值得你如此走一趟啊！」

謝萬北征時，常常用長嘯歌詠來表示自己的清高，從來不去安撫慰問將士們。謝安很器

器愛萬，而審其必敗，乃俱行，從容謂萬曰：「汝為元帥，宜數喚諸將宴會，以說眾心。」萬從之。因召集諸將，都無所說，直以如意指四坐云：「諸君皆是勁卒。」諸將甚忿恨之。謝公欲深著恩信，自隊主將帥以下，無不身造，厚相遜謝。及萬事敗，軍中因欲除之。復云：「當為隱士。」故幸而得免。

17 王子敬自會稽經吳，

重愛護謝萬，預料他必定會失敗，於是就與他一起出行，很隨便地對謝萬說：「你做元帥，應該常常召喚將領們參加宴會，來取悅眾將之心。」謝萬聽從了謝安的話，於是召集諸將，在筵席上謝萬什麼都沒說，只是用如意指着四座的人說：「諸位都是精壯的士兵。」眾將聽了非常怨恨他。謝安想對將領們加以籠絡，不論大小將領，都親自上門拜訪，深表謙讓感謝之意。等到謝萬北征打了敗仗，軍中將士因此要殺掉他。但又說：「應當為隱士謝安着想。」所以謝萬僥倖得以免去一死。

王獻之（字子敬）從會稽經過吳郡，聽說

聞顧辟疆有名園，先不識主人，徑往其家。值顧方集賓友酣燕，而王遊歷既畢，指麾好惡，傍若無人。顧勃然不堪曰：「傲主人，非禮也；以貴驕人，非道也。失此二者，不足齒之傖耳。」便驅其左右出門。王獨在輿上，回轉顧望，左右移時不至，然後令送著門外，怡然不屑。

顧辟疆有座名園，他先前並不認識主人，就直接到了主人家。正遇到顧辟疆聚集賓客友人在暢飲宴會，王獻之遊覽了名園後，指指點點地評論這座園林的優缺點，旁若無人。顧辟疆勃然大怒，難以忍受，道：「傲視主人，是無禮；仗着高貴的身份對人驕橫，是不懂道理。丟掉這兩條原則，是不值一提的粗俗之人罷了。」說完就把王獻之的左右侍從趕出家門。王獻之獨自呆在轎上，四處張望，左右隨從過了很久也不來，然後他就讓主人把自己送出門外，擺出一副毫不在乎的樣子。

排調第二十五

諸葛瑾為豫州，遣別駕到台，語云：「小兒知談，卿可與語。」連往詣恪，恪不與相見。後於張輔吳坐中相遇，別駕喚恪：「咄咄郎君。」恪因嘲之曰：「豫州亂矣，何咄咄之有？」答曰：「君明臣賢，未聞其亂。」恪曰：「昔唐堯在上，四凶在下。」答曰：「非唯四凶，亦有丹朱。」於是一坐大笑。

諸葛瑾擔任豫州刺史時，派別駕到朝廷去，對他說：「我兒子諸葛恪擅長言談，你可以與他聊聊。」別駕連着幾次去拜訪諸葛恪，諸葛恪都不肯與他相見。後來在張昭家相遇，別駕就叫諸葛恪：「咄咄郎君！」諸葛恪於是嘲笑他道：「豫州亂了嗎，有什麼好咄咄的？」別駕答道：「君主聖明，臣子賢良，沒聽說豫州混亂。」諸葛恪說：「古時唐堯在上，卻還有四凶在下。」別駕答道：「不僅有四凶，還有唐堯的兒子丹朱。」於是滿座的人都大笑起來。

8 王渾與婦鍾氏共坐，見武子從庭過，渾欣然謂婦曰：「生兒如此，足慰人意。」婦笑曰：「若使新婦得配參軍，生兒故可不啻（chì）如此。」

9 荀鳴鶴、陸士龍二人未相識，俱會張茂先坐。張令共語，以其並有大才，可勿作常語。陸舉手曰：「雲間陸士龍。」荀答曰：「日下荀鳴鶴。」陸曰：「既開青雲，睹白雉，何不張爾弓，布爾

王渾與妻子鍾氏坐在一起，看見兒子王濟從庭院中走過。王渾欣喜地對妻子說：「生兒子能夠如此，足夠令人寬慰了。」妻子笑道：「如果我能許配給參軍王淪，那麼生下的兒子可就不止這樣了。」

荀隱（字鳴鶴）、陸雲（字士龍）兩人互不相識，他們在張華（字茂先）家會面。張華讓他們交談，因為他們都有出眾的才華，便讓他們不要說些平常的話。陸雲舉手說：「雲間陸士龍。」荀隱答道：「日下荀鳴鶴。」陸雲說：「既然青雲已經散開，看到了白色的野雞，為什麼不拉開你的弓，搭放你的箭？」荀

矢？」荀答曰：「本謂雲龍騤騤（kuí），定是山鹿野麋。獸弱弩強，是以發遲。」張乃撫掌大笑。

11 元帝皇子生，普賜群臣。殷洪喬謝曰：「皇子誕育，普天同慶。臣無勳焉，而猥頒厚賚（lài）。」中宗笑曰：「此事豈可使卿有勳邪？」

12 王丞相枕周伯仁膝，指其腹曰：「卿此中何所有？」答曰：「此中空洞無物，然容

隱答道：「本以為雲間之龍很強壯，原來卻只是山野間一隻四不象。野獸虛弱，弓弩強勁，所以才不急着放箭。」張華聽了拍手大笑。

元帝生了皇子後，遍賞群臣。殷羨（字洪喬）謝恩道：「皇子誕生，普天同慶。臣下沒有什麼功勞，卻承蒙皇上厚賞。」元帝笑道：「這件事怎麼可以讓你有功勞呢？」

丞相王導把頭枕在周顗（字伯仁）的腿上，指着他的肚子說：「你這裏面有什麼東西？」周顗答道：「這裏面空蕩蕩的沒有東西，

卿輩數百人。」

但能容得下像你這類的幾百個人。」

21 康僧淵目深而鼻高，王丞相每調之。僧淵曰：「鼻者，面之山；目者，面之淵。山不高則不靈，淵不深則不清。」

康僧淵眼睛深凹鼻樑高聳，王導常常為此嘲笑他。康僧淵說：「鼻子是臉上的山峰，眼睛是臉上的深潭。山不高就沒有靈氣，潭不深就不會清亮。」

23 庾征西大舉征胡，既成行，止鎮襄陽。殷豫章與書，送一折角如意以調之。庾答書曰：「得所致，雖是敗物，猶欲理而用之。」

征西大將軍庾翼大舉進兵討伐胡人，出發後，駐紮在襄陽。豫章太守殷羨寫信給他，並送了一隻缺角的如意來戲弄他。庾翼回信說：「得到了你的禮物，雖然是殘缺不全之物，但我還是想要修理好了使用它。」

27 初，謝安在東山居，布

當初謝安在東山隱居時，是一介布衣百

衣，時兄弟已有富貴者，翕（xī）集家門，傾動人物。劉夫人戲謂安曰：「大丈夫不當如此乎？」謝乃捉鼻曰：「但恐不免耳。」

29 王、劉每不重蔡公。二人嘗詣蔡，語良久，乃問蔡曰：「公自言何如夷甫？」答曰：「身不如夷甫。」王、劉相目而笑曰：「公何處不如？」答曰：「夷甫無君輩客。」

張吳興年八歲，虧齒，

姓，那時兄弟中已有富貴起來的，聚集在家族中，令人傾倒動心。劉夫人對謝安開玩笑說：「大丈夫不應當這樣嗎？」謝安便捏着鼻子說：「只怕是免不了要那樣啊。」

王濛、劉惔常不尊重蔡謨。他們二人曾經拜訪蔡謨，談了很久，就問蔡謨說：「您自己說和夷甫（王衍）比怎麼樣？」蔡謨答道：「我不如夷甫。」王濛、劉惔互相對視笑道：「您什麼地方不如他？」蔡謨答道：「夷甫沒有你們這類客人。」

吳興太守張玄之八歲時，缺了門牙，前輩

先達知其不常，故戲之曰：「君口中何為開狗竇？」張應聲答曰：「正使君輩從此中出入。」

32

謝公始有東山之志，後嚴命屢臻（zhēn），勢不獲已，始就桓公司馬。于時人有餉桓公藥草，中有遠志。公取以問謝：「此藥又名小草，何一物而有二稱？」謝未即答。時郝隆在坐，應聲答曰：「此甚易解。處則為遠志，出則為

賢達知道他不同尋常，故意對他開玩笑說：「你口中為什麼開了狗洞？」張玄之隨聲回答道：「正是為了讓你們這班人從這裏進出。」

謝安起初有隱居不仕的志向，後朝廷屢次下詔徵召他出仕，情勢不得已，才就任桓溫屬下司馬之職。當時有人送藥草給桓溫，其中有一味遠志。桓溫拿出來問謝安：「這藥又叫小草，為什麼一樣東西有兩種稱呼？」謝安沒有立即回答。當時郝隆在座，隨聲回答道：「這很容易解釋。隱處山中叫遠志，出了山就叫小草。」謝安頗有慚愧神色。桓溫看

小草。」謝甚有愧色。桓公目謝而笑曰：「郝參軍此過乃不惡，亦極有會。」

郝隆為桓公南蠻參軍。三月三日會，作詩，不能者罰酒三升。隆初以不能受罰，既飲，攬筆便作一句云：「娵（jū）隅躍清池。」桓問：「娵隅是何物？」答曰：「蠻名魚為娵隅。」桓公曰：「作詩何以作蠻語？」隆曰：「千里投公，始得蠻府參

着謝安笑道：「郝參軍如此解釋的確不壞，也極有意味。」

郝隆擔任桓溫的南蠻參軍。三月三日上巳節聚會時，大家都要作詩，不能作詩的要罰酒三升。郝隆起初因不能作詩而受罰，飲了酒後，拿起筆來就寫了一句：「娵隅躍清池。」桓溫問：「娵隅是什麼東西？」郝隆回答道：「南蠻人稱魚為娵隅。」桓溫說：「作詩為什麼用蠻語？」郝隆說：「我千里迢迢來投奔您老，才得了個蠻府參軍之職，怎麼能不用蠻語呢？」

軍，那得不作蠻語也？」

47 劉遵祖少為殷中軍所知，稱之於庾公。庾公甚忻（xīn）然，便取為佐。既見，坐之獨榻上與語。劉爾日殊不稱，庾小失望，遂名之為「羊公鶴」。昔羊叔子有鶴善舞，嘗向客稱之，客試使驅來，氃氋（tóngméng）而不肯舞，故稱比之。

57 苻朗初過江，王咨議大好事，問中國人物及風土所

劉爰之（字遵祖）年輕時得到殷浩的賞識，殷浩在庾亮面前薦舉他。庾亮很高興，就用他為僚屬。見面後，庾亮讓他坐在單人坐榻上同他談話。劉爰之這天的言談與他的名聲很不相稱。庾亮感到有些失望，便把他稱作「羊公鶴」。從前羊祜有鶴善於跳舞，他曾向來客稱讚它，來客試着讓人把它趕過來，這只鶴蓬鬆着羽毛卻不肯跳舞，所以庾亮用「羊公鶴」來比擬劉爰之。

苻朗剛渡江南下時，王肅之非常喜歡管閒事，向苻朗詢問中原地區的人物以及風土人

生，終無極已，朗大患之。次復問奴婢貴賤，朗云：「謹厚有識中者，乃至十萬；無意為奴婢問者，止數千耳。」

59 顧長康噉甘蔗，先食尾。人問所以，云：「漸至佳境。」

61 桓南郡與殷荊州語次，因共作了語。顧愷之曰：「火燒平原無遺燎。」桓曰：「白布纏棺豎旒旐（liúzhào）。」

情、物產等等事情，問起來沒完沒了，苻朗非常討厭他。接着他又問奴婢價格的貴賤，苻朗說：「謹慎樸實有見識的奴婢，可以賣到十萬，愚笨無知又喜歡打聽的奴婢，只要幾千錢而已。」

顧愷之（字長康）吃甘蔗，先吃甘蔗的末尾。有人問他為什麼這樣吃，他說：「漸入佳境。」

桓玄與殷仲堪談話時，一起做起了以「了」字為韻表示終了之意的聯句遊戲。顧愷之說：「火燒平原無遺燎。」桓玄說：「白布纏棺豎旒旐。」殷仲堪說：「投魚深淵放飛鳥。」接着殷曰：「投魚深淵放飛鳥。」次復作危語。桓曰：「矛頭淅米劍頭炊。」殷曰：「百歲老翁攀枯枝。」顧曰：「井上轆轤臥嬰兒。」殷有一參軍在坐，云：「盲人騎瞎馬，夜半臨深池。」殷曰：「咄咄逼人！」仲堪眇（miǎo）目故也。

大家又來做以「危」字為韻描寫危險情景的聯句。桓玄說：「矛頭淅米劍頭炊。」殷仲堪說：「百歲老翁攀枯枝。」顧愷之說：「井上轆轤臥嬰兒。」殷仲堪屬下一位參軍在座，說：「盲人騎瞎馬，夜半臨深池。」殷仲堪說：「真是咄咄逼人！」因為殷仲堪瞎了一隻眼的緣故。

輕詆第二十六

褚太傅初渡江，嘗入東，至金昌亭，吳中豪右燕集亭中。褚公雖素有重名，于時造次不相識。別敕左右多與茗汁，少著粽，汁盡輒益，使終不得食。褚公飲訖，徐舉手共語云：「褚季野。」於是四坐驚散，無不狼狽。

太傅褚裒（字季野）剛渡江南下時，曾經往東邊去，到了金昌亭，吳地的豪門大族正在亭中宴飲聚會。褚裒雖然向來有很高的名望，但當時匆忙之中卻沒有被人認出來。主事者就命令左右侍從多給他茶水，少放蜜餞，茶水喝完了就立即添滿，使他始終吃不到杯裏的東西。褚裒喝完了茶水，慢慢地舉手對大家說：「我是褚季野。」於是滿座的人都驚慌走散，全都狼狽不堪。

桓公入洛，過淮、泗，踐北境，與諸僚屬登平乘

桓溫進軍洛陽，渡過淮河、泗水，到達北方地區，他與僚屬登上大船船樓，眺望中原，

樓，眺矚中原，慨然曰：「遂使神州陸沉；百年丘墟，王夷甫諸人不得不任其責！」袁虎率爾對曰：「運自有廢興，豈必諸人之過？」桓公懍然作色，顧謂四坐曰：「諸君頗聞劉景升不？有大牛重千斤，噉芻豆十倍於常牛，負重致遠，曾不若一羸牸（zì）。魏武入荊州，烹以饗（xiǎng）士卒，于時莫不稱快。」意以況袁。四坐既駭，

慨歎道：「最終使中原國土淪喪，百年來成為荒丘廢墟，王夷甫這班人不能不承擔他們的責任！」袁宏（小名虎子）輕率地說：「國運自然有衰落有興盛，難道必定是他們這些人的過錯嗎？」桓溫臉色大變，神色嚴峻，環顧四座說：「諸位聽說過劉表（字景升）嗎？他有一頭大牛重千斤，吃起草料來比普通的牛多十倍，拉重物走遠路，竟不如一頭瘦弱的母牛。魏武帝曹操進入荊州，把它煮了犒賞士兵，當時沒有人不感到痛快的。」桓溫的意思是用這頭牛來比擬袁宏。滿座的人都感到驚懼，袁宏也嚇得變了臉色。

袁亦失色。

庾道季詫謝公曰：「裴郎云：『謝安謂裴郎乃可不惡，何得為復飲酒？』裴郎又云：『謝安目支道林如九方皋之相馬，略其玄黃，取其俊逸。』」謝公云：「都無此二語，裴自為此辭耳。」庾意甚不以為好，因陳東亭《經酒壚下賦》。讀畢，都不下賞裁，直云：「君乃復作裴氏學！」於此《語林》遂廢。

庾龢（字道季）告訴謝安道：「裴啟在他的《語林》中記載：『謝安稱裴郎確實不壞，他為什麼還要再飲酒呢？』裴郎又在記載中說：『謝安品評支道林像九方皋相馬一樣，不注意馬的毛色是黑是黃，而只選擇馬是否出眾超群。』」謝安說：「我完全沒有說過這兩句話，是裴啟自編的話罷了。」庾龢對謝安的話很不以為然，於是便陳述王珣的《經酒壚下賦》。賦讀完後，謝安完全不表示讚賞評論，只是說：「您竟然要做裴啟這號人的學問！」從此《語林》就被廢棄了。現在還有的，都是先前的抄今時有者，皆是先寫，無復謝語。

27 殷顗、庾恒並是謝鎮西外孫，殷少而率悟，庾每不推。嘗俱詣謝公，謝公熟視殷曰：「阿巢故似鎮西。」於是庾下聲語曰：「定何似？」謝公續復云：「巢頰似鎮西。」庾復云：「頰似，足作健不？」

33 桓南郡每見人不快，輒嗔（chēn）云：「君得哀家梨，當復不烝食不？」

本，其中不再有謝安的話。

殷顗（小字巢）、庾恒都是鎮西將軍謝尚的外孫，殷顗小的時候就率真聰慧，庾恒常常不贊許他。他們曾一起去拜訪謝安，謝安仔細看着殷顗道：「阿巢確實像鎮西。」於是庾恒小聲地說：「到底哪裏像？」謝安繼續又說：「臉頰像鎮西。」庾恒又說：「臉頰相像，就足以成為強者稱雄嗎？」

桓玄每當看到別人行事愚鈍，就會生氣地說：「您得到哀家梨，該不會拿來蒸了吃吧？」

假譎第二十七

魏武行役，失汲道，軍皆渴，乃令曰：「前有大梅林，饒子，甘酸可以解渴。」士卒聞之，口皆出水，乘此得及前源。

魏武常言：「我眠中不可妄近，近便斫人，亦不自覺。左右宜深慎此。」後陽眠，所幸一人，竊以被覆之，因便斫殺。自爾每眠，左右莫敢近者。

曹操率軍跋涉，找不到水源，軍中士卒都口渴難耐，於是他就下令說：「前面有大片梅林，果實很多，又甜又酸可以解渴」。士卒們聽到後，都流出口水來了，由此得以到達前面有水的地方。

曹操經常說：「我睡覺時不可隨便靠近我，靠近我就要殺人，連自己也不知道。左右侍從們應當特別小心這件事。」後來他假裝睡着了，他所寵倖的一個侍從，偷偷地拿被子蓋在他身上，曹操於是就把他殺了。從此以後每當曹操睡覺時，左右侍從就沒有人敢靠近他了。

6 王大將軍既為逆，頓軍姑孰。晉明帝以英武之才，猶相猜憚，乃著戎服，騎巴賨（cóng）馬，齎（jī）一金馬鞭，陰察軍形勢。未至十餘里，有一客姥（mǔ），居店賣食，帝過愒（qì）之，謂姥曰：「王敦舉兵圖逆，猜害忠良，朝廷駭懼，社稷是憂。故劬（qú）勞晨夕，用相覘察。恐形跡危露，或致狼狽，追迫之日，姥其匿

大將軍王敦叛亂以後，把軍隊駐紮在姑孰。晉明帝雖有英武之才，對王敦還是猜疑畏懼的，他於是穿上戎裝，騎上巴賨馬，攜帶一條金馬鞭，暗中察看叛軍的形勢。離叛軍駐地十餘里，有一位客居老婦，開店賣吃食，晉明帝經過時在那裏休息，對老婦說：「王敦起兵叛亂，猜忌迫害忠臣，朝廷上下驚懼恐慌，國家的存亡令人擔憂。所以我不辭勞累，出來觀察形勢。我怕形跡洩露，也許會陷入困境，如果有人追趕過來，還望老人家能為我隱瞞形跡！」於是把金馬鞭送給老婦就離開了，在王敦軍營繞了一圈後回來。王敦部下士兵發覺後

之！」便與客姥馬鞭而去，行敦營匝而出。軍士覺，曰：「此非常人也！」敦臥心動，曰：「此必黃須鮮卑奴來！」命騎追之。已覺（jiào）多許里，追士因問向姥：「不見一黃須人騎馬度此邪？」姥曰：「去已久矣，不可復及。」於是騎人息意而反。

7

王右軍年減十歲時，大將軍甚愛之，恒置帳中眠。大將軍嘗先出，右軍猶未

說：「這不是一般的人！」王敦正躺着睡覺感到心跳，說：「這必定是那個黃須的鮮卑奴來了！」命令騎兵去追趕他。可是已經相差很多里路了。追兵於是問那位老婦：「有沒有見過一個黃須人騎馬經過此地？」老婦說：「過去很久了，不可能再追上了。」於是騎兵打消了追趕的念頭返回了。

右軍將軍王羲之不滿十歲時，大將軍王敦非常喜愛他，常常把他留在自己的床帳中睡覺。王敦有一次先起床出來，王羲之還沒醒。

起。須臾，錢鳳入，屏人論事，都忘右軍在帳中，便言逆節之謀。右軍覺，既聞所論，知無活理，乃陽吐汙頭面被褥，詐孰眠。敦論事造半，方憶右軍未起，相與大驚曰：「不得不除之！」及開帳，乃見吐唾從（zòng）橫，信其實孰眠，於是得全。于時稱其有智。

8

陶公自上流來赴蘇峻之難，令誅庾公，謂必戮庾，

一會兒，錢鳳進來，王敦屏退手下人議論事情，全都忘了王羲之還在床帳中，就說起了叛逆造反的陰謀。王羲之醒來，聽到他們商量的事，就知道沒有活命的可能了，於是就假裝嘔吐把頭臉被褥都弄髒，假裝熟睡。王敦說到一半時，才想起王羲之還未起床，兩個人都大驚失色道：「不得不把他除掉！」等到打開帳子時，看見嘔吐物狼藉不堪，相信他確實在熟睡，於是王羲之得以保全性命。當時人都稱讚他有智謀。

陶侃（字士衡）從長江上游東下平定蘇峻叛亂，命令殺掉庾亮（字元規），認為必須殺

可以謝峻。庾欲奔竄，則不可；欲會，恐見執，進退無計。溫公勸庾詣陶，曰：「卿但遙拜，必無他。我為卿保之。」庾從溫言詣陶。至，便拜。陶自起止之曰：「庾元規何緣拜陶士衡？」畢，又降就下坐。陶又自要起同坐。坐定，庾乃引咎責躬，深相遜謝。陶不覺釋然。

13 范玄平為人好用智數，而有時以多數失會。嘗失官

掉庾亮，才可以安撫蘇峻。庾亮想逃跑已不可能，想要去見陶侃，害怕被捕，進退兩難，無計可施。溫嶠勸庾亮去拜見陶侃，說：「你只要遠遠地行跪拜禮，必定不會有什麼事。我為你擔保。」庾亮聽從溫嶠的話去拜訪陶侃。到了那裏就跪拜。陶侃自己起身阻止他說：「庾元規為什麼要拜陶士衡？」行過禮後，庾亮又降到下位就座。陶侃又親自邀請庾亮起來與自己同坐。坐定後，庾亮就引咎自責，深表謙恭謝罪之意。陶侃在不知不覺中消除了疑慮。

范汪（字玄平）為人好用心計權術，但有時卻會弄巧成拙。他曾經被罷官，住在東陽，

居東陽，桓大司馬在南州，故往投之。桓時方欲招起屈滯，以傾朝廷，且玄平在京，素亦有譽。桓謂遠來投己，喜躍非常。比入至庭，傾身引望，語笑歡甚。顧謂袁虎曰：「范公且可作太常卿。」范裁坐，桓便謝其遠來意。范雖實投桓，而恐以趨時損名，乃曰：「雖懷朝宗，會有亡兒瘞（yì）在此，故來省視。」桓悵然失望，向之虛佇（zhù），一時都盡。

大司馬桓溫在南州，他便去投奔。桓溫當時正要招賢納才，用來顛覆朝廷，況且范汪在京城，一向有名聲。桓溫認為他遠道前來投奔自己，非常高興。等到范汪進入庭院，他即伸長脖子探望，兩人言談甚歡。桓溫回頭對袁宏說：「范公暫時可做太常卿。」范汪才坐下，桓溫就感謝他遠道來投奔自己的厚意。范汪雖然確實是來投奔桓溫的，但怕這樣做被當作迎合時勢會損壞自己的名聲，便說：「雖然我懷有拜見長官之心，但恰巧我有亡兒埋葬在此，所以前來看望。」桓溫懊喪失望，剛才虛心等待站立期盼的熱情，一下子都化為烏有。

黜免第二十八

1 諸葛厷（gōng）在西朝，少有清譽，為王夷甫所重，時論亦以擬王。後為繼母族党所讒，誣之為狂逆。將遠徙，友人王夷甫之徒詣檻（jiàn）車與別。問：「朝廷何以徙我？」王曰：「言卿狂逆。」曰：「逆則應殺，狂何所徙？」

2 桓公入蜀，至三峽中，部伍中有得猿子者，其母緣

諸葛厷在西晉，年紀輕輕時就有清高的聲譽，得到王衍（字夷甫）的器重，當時的輿論也把他和王衍相比。後來他被繼母的同族人讒毀，誣陷他狂放叛逆。當他將要被流放時，友人王衍等到囚車前與他告別。諸葛厷問：「朝廷為什麼要流放我？」王衍道：「說你狂放叛逆。」諸葛厷說：「叛逆就應當殺頭，狂放為什麼要流放？」

桓溫出兵攻蜀，到達三峽中，部隊中有人捕捉到一隻小猿，那只母猿沿岸哀哭號叫，跟

岸哀號，行百餘里不去，遂跳上船，至便即絕。破視其腹中，腸皆寸寸斷。公聞之怒，命黜其人。

着走了一百多里路也不肯離去，最後終於跳上船，一上船就立刻氣絕。剖開看它的腹內，腸子都一寸寸地斷裂了。桓溫聽到此事後大怒，命令罷免那個捕猿人的職務。

儉嗇第二十九

1 和嶠性至儉，家有好李，王武子求之，與不過數十。王武子因其上直，率將少年能食之者，持斧詣園，飽共噉畢，伐之，送一車枝與和公，問曰：「何如君李？」和既得，唯笑而已。

3 司徒王戎既貴且富，區宅、僮牧、膏田、水碓（duì）之屬，洛下無比。契疏鞅掌，每與夫人燭下散籌算計。

和嶠的生性極為吝嗇，家裏有良種李樹，王濟（字武子）向他要一點李子，只給了不過幾十個。王濟就乘他上朝值班的機會，帶領能吃的少年，拿着斧頭到果園去，飽吃一頓後，把樹砍了，把一車子李樹枝送去給和嶠，問道：「比你家李樹怎麼樣？」和嶠看到這些樹枝後，只有苦笑而已。

司徒王戎地位高，又富有，房屋住宅、奴婢僕夫、肥田沃土、舂米水碓之類，洛陽無人能與他相比。契約賬簿繁多，常與夫人在燭光下攤開籌碼算計家產。

9

郗公大聚斂，有錢數千萬。嘉賓意甚不同。常朝旦問訊，郗家法，子弟不坐，因倚語移時，遂及財貨事。郗公曰：「汝正當欲得吾錢耳！」乃開庫一日，令任意用。郗公始正謂損數百萬許，嘉賓遂一日乞與親友，周旋略盡。郗公聞之，驚怪不能已已。

郗愔大肆搜刮財物，有錢財幾千萬，郗超（字嘉賓）對此很不贊同。曾在早晨問安，郗家的家法規定，子弟小輩在長輩前不能坐下來，他就站着說了很長時間的話，終於說到了錢財方面的事。郗愔說：「你只不過要得到我的錢罷了！」於是打開庫房一天，讓郗超任意取用。郗愔開始認為不過損失幾百萬左右。郗超卻在一天裏把錢送給了親朋好友，幾乎全都送光了。郗愔聽到後，驚詫不已。

汰侈第三十

1 石崇每要客燕集，常令美人行酒。客飲酒不盡者，使黃門交斬美人。王丞相與大將軍嘗共詣崇，丞相素不能飲，輒自勉強，至於沉醉。每至大將軍，固不飲以觀其變。已斬三人，顏色如故，尚不肯飲。丞相讓之，大將軍曰：「自殺伊家人，何預卿事？」

2 石崇廁常有十餘婢侍

石崇每次邀請客人舉行宴會，常叫美人斟酒勸客。凡是客人飲酒不乾杯的，就讓侍從將美人斬殺。丞相王導與大將軍王敦曾經一起去拜訪石崇，王導向來不善飲酒，總是勉強自己喝下去，以至於大醉。每次輪到王敦喝酒時，他堅持不喝以觀察石崇的反應。已經殺了三個人，王敦臉色不變，還是不肯喝酒。王導責備他，王敦說：「他殺自家的人，關你什麼事？」

石崇家的廁所裏經常有十多個婢女列隊侍

列，皆麗服藻飾。置甲煎粉、沉香汁之屬，無不畢備。又與新衣著令出，客多羞不能如廁，王大將軍往，脱故衣，著新衣，神色傲然。群婢相謂曰：「此客必能作賊。」

3 武帝嘗降王武子家，武子供饌，並用琉璃器。婢子百餘人，皆綾羅絝（kù）纙，以手擎飲食。烝（zhēng）㹠（tún）肥美，異於常味。帝

奉客人，都穿着華麗的衣飾。廁所裏放置了甲煎粉、沉香汁之類的東西，非常齊備。還給客人穿上新衣服才讓出來，客人們大都害羞不去上廁所。大將軍王敦去廁所，脱下舊衣服，穿上新衣服，一副神色傲慢的樣子。婢女們相互議論說：「這個客人一定會造反謀逆。」

晉武帝曾駕臨王濟（字武子）家，王濟設宴招待，全都用琉璃器皿。婢女一百多人，身上都穿着綾羅綢緞，用手托舉着食物。蒸熟的小豬肥嫩鮮美，與平常吃的味道不同。晉武帝覺得奇怪就問王濟，王濟答道：「這是用人奶

怪而問之，答曰：「以人乳飲㹠。」帝甚不平，食未畢，便去。王、石所未知作。

8

石崇與王愷爭豪，並窮綺麗，以飾輿服。武帝，愷之甥也，每助愷。嘗以一珊瑚樹高二尺許賜愷，枝柯扶疏，世罕其比。愷以示崇。崇視訖，以鐵如意擊之。應手而碎。愷既惋惜，又以為疾己之寶，聲色甚厲。崇曰：「不足恨，今還卿。」乃

飼養的小豬。」晉武帝聽了很反感，沒有吃完就走了。連王愷、石崇都不知道這種方法。

石崇和王愷鬥富，二人都極盡華麗，以裝飾車馬。晉武帝是王愷的外甥，常常幫助王愷。他曾經把一株二尺多高的珊瑚樹賜給王愷，此樹枝條繁茂紛披，世上少有。王愷拿給石崇看，石崇看過後，用鐵如意敲打，珊瑚隨手就碎了。王愷既惋惜，又認為石崇忌妒自己的寶貝，所以聲色俱厲。石崇說：「不值得遺憾，現在還給你。」就命左右侍從把家中所有的珊瑚樹都拿出來，有高達三尺、四尺，枝條

命左右悉取珊瑚樹，有三尺、四尺，條幹絕世，光彩溢目者六七枚，如愷許比甚眾。愷惘然自失。

9 王武子被責，移第北邙（máng）下。于時人多地貴，濟好馬射，買地作埒（liè），編錢匝地竟埒。時人號曰「金溝」。

美麗世上少有，光彩奪目的六七枚，像王愷那種樣子的就更多了。王愷看了悵惘得若有所失。

王濟被責罰貶官，把家搬到了北邙山下。當時人多地貴，王濟喜歡騎馬射箭，就買了地築起矮牆，把銅錢串連起來繞滿矮牆。當時人稱之為「金溝」。

忿狷第三十一

1 魏武有一妓聲最清高，而性情酷惡。欲殺則愛才，欲置則不堪。於是選百人，一時俱教。少時，果有一人聲及之，便殺惡性者。

2 王藍田性急。嘗食雞子，以箸（zhù）刺之，不得，便大怒，舉以擲地。雞子於地圓轉未止，仍下地以屐齒蹍之，又不得，瞋甚，復於地取內口中，齧（niè）

曹操有一名歌女，聲音特別清脆高亢，但是脾氣卻特別壞。曹操想殺了她卻又愛惜她的才能，想不殺卻又不能忍受。於是便選了一百人一起訓練。不久，果然有一人的歌聲比得上她，於是就殺掉了那位性情惡劣的歌女。

藍田侯王述性子急躁。有一次吃雞蛋，他用筷子去戳，沒有戳到，就大為惱火，把雞蛋拿起來扔在地上。雞蛋在地上轉個不停，他就跳下地用木屐的齒來踩踏，又沒有踩踏到，他憤怒之極，又把蛋從地上撿起來放到口中，把雞蛋咬破後立刻吐了出來。王羲之聽說此事後破即吐之。王右軍聞而大笑曰：「使安期有此性，猶當無一豪可論，況藍田邪？」

8

桓南郡小兒時，與諸從兄弟各養鵝共鬥。南郡鵝每不如，甚以為忿。乃夜往鵝欄間，取諸兄弟鵝悉殺之。既曉，家人咸以驚駭，云是變怪，以白車騎。車騎曰：「無所致怪，當是南郡戲耳！」問，果如之。

大笑道：「假使王承（字安期）有這種脾氣，尚且絲毫不值得一提，何況其子王述呢？」

南郡公桓玄小時候與堂兄弟們各自養了鵝來鬥。桓玄的鵝常常鬥敗，不如其他堂兄弟們的鵝，他因此非常忿恨。於是在夜裏到鵝欄裏，把堂兄們的鵝抓來全部殺掉。天亮後，家裏人都為之驚異害怕，說是鬼怪變異造成的，把這事報告車騎將軍桓沖。桓沖說：「沒有什麼東西造成怪異，必定是桓玄惡作劇罷了！」一問，果然如此。

讒險第三十二

袁悅有口才，能短長說，亦有精理。始作謝玄參軍，頗被禮遇。後丁艱，服除還都，唯齎《戰國策》而已。語人曰：「少年時讀《論語》、《老子》，又看《莊》、《易》，此皆是病痛事，當何所益邪？天下要物，正有《戰國策》。」既下，說司馬孝文王，大見親待，幾亂機軸。俄而見誅。

袁悅有口才，既擅長遊說，又能闡發精闢的理論。他起初當謝玄的參軍，深受禮遇。後來遇父母喪事在家守孝，守孝期滿後回到京都，只帶了一部《戰國策》而已。他對人說：「年輕時讀《論語》、《老子》，後來又看了《莊子》、《周易》，這些書說的都是小事，能有什麼益處呢？天下重要的事，只有《戰國策》。」到了京城後，他去遊說司馬道子，受到了特別的厚待，差點搞亂了朝綱。不久他就被誅殺了。

4

王緒數讒殷荊州於王國寶，殷甚患之，求術於王東亭。曰：「卿但數詣王緒，往輒屏人，因論它事。如此，則二王之好離矣。」殷從之。國寶見王緒，問曰：「比與仲堪屏人何所道？」緒云：「故是常往來，無它所論。」國寶謂緒於己有隱，果情好日疏，讒言以息。

王緒屢次在王國寶面前說荊州刺史殷仲堪的壞話，殷仲堪為此很憂慮，向東亭侯王珣請教辦法。王珣說：「你只要經常去拜訪王緒，去了就把其他人支開，接着就談論其他的事。這樣，二王的交情就會疏遠了。」殷仲堪就照着王珣的話做了。王國寶看見王緒，問道：「近來你與仲堪把別人支開講些什麼？」王緒說：「只不過是日常往來，並沒有議論什麼。」王國寶認為王緒對自己有所隱瞞，果然兩人的交情日漸疏遠，對殷仲堪的讒言因此也平息了。

尤悔第三十三

1 魏文帝忌弟任城王驍壯，因在卞太后閤共圍棋，並噉棗，文帝以毒置諸棗蒂中，自選可食者而進。王弗悟，遂雜進之。既中毒，太后索水救之。帝預敕左右毀瓶罐。太后徒跣（xiǎn）趨井，無以汲，須臾遂卒。復欲害東阿，太后曰：「汝已殺我任城，不得復殺我東阿！」

曹丕忌妒弟弟任城王曹彰勇猛健壯，便趁着在卞太后內室一起下圍棋、一起吃棗子的機會，把毒藥放在棗蒂中，自己挑選可以吃的棗子來吃。曹彰不知道，就把有毒和沒毒的棗子混雜在一起吃了。曹彰中毒後，太后想找水來救曹彰，曹丕事先命令左右侍從把瓶罐都毀了，太后赤着腳跑到井邊，卻沒有任何汲水的器具。一會兒曹彰就死了。曹丕還想害死東阿王曹植，太后說：「你已經殺了我的任城兒，不許再殺我的東阿兒了！」

7 王導、溫嶠俱見明帝，

王導、溫嶠一起去朝見晉明帝，明帝問溫

帝問溫前世所以得天下之由，溫未答。頃，王曰：「溫嶠年少未諳（ān），臣為陛下陳之。」王乃具敘宣王創業之始，誅夷名族，寵樹同己，及文王之末高貴鄉公事。明帝聞之，覆面著床曰：「若如公言，祚（zuò）安得長！」

庾公欲起周子南，子南執辭愈固。庾每詣周，庾從南門入，周從後門出。庾嘗一往奄至，周不及去，相

嶠晉朝能夠得天下的原因，溫嶠沒有回答。過了一會兒，王導說：「溫嶠年輕對這些事不熟悉，臣子為陛下陳述吧。」王導於是詳細敘述宣王司馬懿創業之初，殺滅名家大族，寵信培植親信，以及文王司馬昭晚年殺害高貴鄉公曹髦等事情。明帝聽後，把臉貼在坐榻上說：「如果像您說的那樣，晉朝的國運怎麼能夠長久啊！」

庾亮（字元規）想起用周邵（字子南），周邵堅決推辭，特別堅決。庾亮每次去拜訪周邵，庾亮從南門進去，周邵就從後門出去。有一次庾亮突然間就徑直來到了，周邵來不及離

對終日。庾從周索食，周出蔬食，庾亦強飯極歡；並語世故，約相推引，同佐世之任。既仕，至將軍二千石，而不稱意。中宵慨然曰：「大丈夫乃為庾元規所賣！」一歎，遂發背而卒。

11 阮思曠奉大法，敬信甚至。大兒年未弱冠，忽被篤疾。兒既是偏所愛重，為之祈請三寶，晝夜不懈。謂至

開，兩人就整天相對而坐。庾亮向周邵要吃的，周邵拿出蔬菜淡飯，庾亮也勉強吃下去，但還是很高興。他們一起談論世事，同時約定推薦他出山，一起擔負輔佐君主治理天下之重任。周邵出來任職後，官做到將軍、郡守，但他並不稱心如意。在半夜裏感歎道：「大丈夫竟然被庾元規給耍弄了！」他一聲長歎，於是背發毒瘡而死。

阮裕（字思曠）信奉佛法，信仰虔誠到了極點。他的大兒子年齡不滿二十歲，突然患了重病。這個兒子是他偏愛和看重的，所以就為他向佛、法、僧三寶祈求保佑，白天黑夜堅持

誠有感者，必當蒙佑。而兒遂不濟。於是結恨釋氏，宿命都除。

不懈。以為自己精誠所至，必能感動三寶，必能受到護佑。但是兒子終於沒有得救。於是他就與佛教結怨，把原來所信奉的宿命之說全都拋棄了。

紕漏第三十四

1 王敦初尚主，如廁，見漆箱盛乾棗，本以塞鼻，王謂廁上亦下果，食遂至盡。既還，婢擎金澡盤盛水，琉璃碗盛澡豆，因倒著水中而飲之，謂是乾飯。群婢莫不掩口而笑之。

3 蔡司徒渡江，見彭蜞，大喜曰：「蟹有八足，加以二螯。」令烹之。既食，吐下委頓，方知非蟹。後向謝仁

王敦剛娶了公主，去上廁所時，看到漆箱中盛着乾棗，這原本是用來塞鼻孔防臭的，王敦以為在廁所內也要放置果品，就把乾棗吃光了。回到屋內，婢女托着金澡盤盛了水，琉璃碗中盛着澡豆，他於是就把澡豆倒進水中喝了下去，還認為是乾飯。婢女們都捂着嘴笑話他。

司徒蔡謨渡江南下，看到彭蜞，以為是蟹，非常高興地說：「蟹有八隻腳，加上兩隻螯。」叫人把它煮熟，吃了以後，上吐下瀉，精神萎靡不振，這才知道吃的不是螃蟹。後來

祖說此事，謝曰：「卿讀《爾雅》不熟，幾為《勸學》死。」

5

謝虎子嘗上屋熏鼠。胡兒既無由知父為此事，聞人道癡人有作此者，戲笑之，時道此非復一過。太傅既了己之不知，因其言次，語胡兒曰：「世人以此謗中郎，亦言我共作此。」胡兒懊熱，一月日閉齋不出。太傅虛托引己之過，以相開悟，可謂德教。

向謝尚（字仁祖）說起這件事，謝尚說：「你讀《爾雅》沒讀熟，幾乎被《勸學》害死。」

謝據（字虎子）曾經爬上屋頂熏老鼠，謝朗（小字胡兒）既然無從知道是父親做的這件事，聽人說起有個癡癡呆呆的人做了這樣的事，就加以嘲笑，常常說這件事，還不止一次。謝安明白謝朗並不知道是他父親做的，便趁着他講這件事的機會，對謝朗說：「世上的人用這事來誹謗你父親，還說我也與他共同做了這件事。」謝郎感到十分鬱悶羞愧，關在家裏一個月不出門。謝安假託事情是自己做的，把過錯攬過來，用這個辦法來開導啟發，真可稱得上是德教。

惑溺第三十五

2 荀奉倩與婦至篤，冬月婦病熱，乃出中庭自取冷，還以身熨之。婦亡，奉倩後少時亦卒，以是獲譏於世。奉倩曰：「婦人德不足稱，當以色為主。」裴令聞之曰：「此乃是興到之事，非盛德言，冀後人未昧此語」。

4 孫秀降晉，晉武帝厚存寵之，妻以姨妹蒯（kuǎi）氏，室家甚篤。妻嘗妒，乃

荀粲（字奉倩）與妻子情深意厚，冬天裏妻子生了熱病，他就到庭院裏把自己凍冷，回屋後用身體緊貼妻子。妻子死後，他沒多久也死了，為此他受到了世人的譏諷。荀粲曾說：「婦人有德行不值得稱讚，應當以美色為主。」裴楷聽到這話後說：「這是一時興起所說，不是德高望重者當說的話，希望後人不要被這話給蒙蔽了。」

孫秀歸降了晉朝，晉武帝格外寵信他，把姨妹蒯氏嫁給他為妻。夫婦之間感情很深厚。孫秀妻子曾經妒性發作，竟罵孫秀為「貉

罵秀為貉（háo）子。秀大不平，遂不復入。蒯氏大自悔責，請救於帝。時大赦，群臣咸見。既出，帝獨留秀，從容謂曰：「天下曠蕩，蒯夫人可得從其例不？」秀免冠而謝，遂為夫婦如初。

5

韓壽美姿容，賈充辟以為掾。充每聚會，賈女於青瑣中看，見壽，說（yuè）之，恒懷存想，發於吟詠。後婢往壽家，具述如此，並

子」。孫秀心中十分不滿，於是不再進妻子的內室了。蒯氏深感悔恨自責，向武帝求救。當時正逢大赦，滿朝臣子都來覲見。退朝後，武帝把孫秀單獨留下，不經意間說：「天下大赦，恩德寬大，蒯夫人能按照這個例子從寬發落嗎？」孫秀脫帽謝罪，於是夫婦和好如初。

韓壽姿態容貌都很美，賈充召他為屬官。賈充每次聚會，女兒就從窗格中偷看，見到韓壽，很是喜歡，常常詠詩以表思念。後來婢女到韓壽家去，詳細講了這些情況，並且說賈充的女兒光豔美麗。韓壽聽到後動了心，就請婢

言女光麗。壽聞之心動，遂請婢潛修音問，及期往宿。壽蹻（qiāo）捷絕人，踰牆而入，家中莫知。自是充覺女盛自拂拭，說暢有異於常。後會諸吏，聞壽有奇香之氣，是外國所貢，一著（zhuó）人則歷月不歇。充計武帝唯賜己及陳騫，餘家無此香，疑壽與女通，而垣牆重密，門閤（gé）急峻，何由得爾？乃托言有盜，令

女暗地裏傳遞消息，約定日期去過夜。韓壽身手矯健敏捷，超過常人，他跳牆進屋，家裏沒人知道。從此賈充感覺女兒講究修飾打扮自己，喜悅舒暢之情不同於往常。後來賈充會見屬官，聞到韓壽身上有一股奇特的香氣，這種香是外國進貢的，一沾到人身上，幾個月也不會消退。賈充想到這種香武帝只賜給自己和陳騫，其他人沒有這種香，就懷疑韓壽與女兒私通。但是家裏的圍牆重疊嚴密，大門、邊門戒備森嚴，他怎麼能進來呢？於是便藉口有盜賊，派人修牆。匠人回來說：「其他地方沒有什麼異常情況，只有東北角好像有人的足跡，

人修牆。使反曰：「其餘無異，唯東北角如有人跡，而牆高，非人所逾。」充乃取女左右婢考問。即以狀對。充秘之，以女妻壽。

但圍牆很高，不是一般人能夠翻越的。」賈充就把女兒身邊的婢女叫來審問，婢女便把情況說了出來。賈充把此事隱瞞起來，把女兒嫁給了韓壽。

仇隙第三十六

2 劉璵兄弟少時為王愷所憎，嘗召二人宿，欲默除之。令作坑，坑畢，垂加害矣。石崇素與璵、琨善，聞就愷宿，知當有變，便夜往詣愷，問二劉所在。愷卒迫不得諱，答云：「在後齋中眠。」石便徑入，自牽出，同車而去，語曰：「少年何以輕就人宿？」

劉璵兄弟二人年輕時被王愷所憎恨，王愷曾經請他們二人到家裏來住宿，想暗中殺掉他們。王愷讓人挖坑，挖好後，就準備加害他們。石崇向來與劉璵、劉琨要好，聽說他們到王愷家住宿，知道會有變故，就連夜前去拜訪王愷，問二劉在哪裏。王愷倉促間不能隱瞞，回答道：「在後面書齋中睡覺。」石崇就直接進去，把他們拉出來，一同乘車而去，他對劉璵兄弟說：「年輕人為什麼要輕率地到別人家去住宿？」

5 王右軍素輕藍田。藍

王羲之一向瞧不起藍田侯王述。王述晚年

田晚節論譽轉重，右軍尤不平。藍田於會稽丁艱，停山陰治喪。右軍代為郡。屢言出弔，連日不果。後詣門自通，主人既哭，不前而去，以陵辱之。於是彼此嫌隙大構。後藍田臨揚州，右軍尚在郡。初得消息，遣一參軍詣朝廷，求分會稽為越州。使人受意失旨，大為時賢所笑。藍田密令從事數其郡諸不法，以先有隙，令自為其

的聲望逐漸提高，王羲之就更加耿耿於懷。王述在會稽內史任上遭遇母親喪事，留在山陰辦理喪事。王羲之代理會稽內史一職，屢次說要去弔唁，但接連好幾天都沒有去。後來他登門親自通報去弔唁，但主人哭了以後，他卻不進去哭弔就走了，以此來羞辱王述。這樣彼此的仇怨更深了。後來王述出任揚州刺史，王羲之還在會稽郡任上。剛得到消息，就派一名參軍到朝廷去，請求朝廷把會稽郡從揚州分出來，另外設置越州。使者接受差遣卻有違王羲之的旨意，結果被當時的賢達大加譏笑。王述密令屬官列舉會稽郡中種種不法行為，上奏朝廷，

宜。右軍遂稱疾去郡，以憤慨致終。

因為先前互有嫌隙，朝廷就讓王羲之自己去處理。王羲之於是稱病離職，因憤激感慨而死。